Julya Rabinowich

HERZNOVELLE

Deuticke

2. Auflage 2017

ISBN 978-3-552-06361-7

Satz: Eva Kaltenbrunner-Dorfinger, Wien
Printed in Germany

Für Günter

Das Herz ist das Zentrum von allem, sagt er
ich frage mich, was mein Zentrum ist
ich habe keines
er ist stellvertretend mein Zentrum
ich sage es ihm
er nimmt das Herz aus meiner Brust
und zeigt es mir und sagt:
Das gehört Ihnen.
Und ich sage:
Das Mängelexemplar können Sie gratis zur
Ansicht behalten.

I.

HASENHERZ

Bernhard steht im Badezimmer und kontrolliert mich beim Kontrollieren des Spiegelschränkchens. Ich sehe sein besorgtes Gesicht, halb verdeckt von meinem, ein Auge mit dunklem Brillenrand späht hinter meinen Haaren hervor. Ich kann es nicht leiden, wenn er besorgt ist, das überträgt sich und besorgt mich gleich mit. Ich habe eigene Sorgen und benötige seine nicht. Er pflegt sie, seine Sorge, eine Bewegung von mir nicht rechtzeitig mitzubekommen, zu spät zu sein, nicht hilfreich genug, nicht zur Stelle, an der man ihn brauchen könnte.

Ich schließe die spiegelnde Tür, sein Gesicht gleitet mit ihr zur Seite, weg aus meinem Gesichtsfeld, aber ich höre seinen Atem immer noch hinter mir, spüre seinen Körper an der Schwelle. Seine Sorge steht hinter ihm, überragt ihn genau um das Stück, das den Abstand seines Kopfes über meinem ausmacht. Ich habe keine Lust, Teil einer Sorgenmatrjoschka-Serie zu sein.

»Hast du die Koffer schon hinuntergetragen?«, frage ich, um ihn aus dem Weg zu bekommen.

»Ja«, sagt er, »ich wollte nur nachsehen.«

»Ich bin gleich fertig.«

»Ja. Ich weiß.«

Er rührt sich nicht vom Fleck. Die Luft wird knapp im Bad, das warm und feucht ist, ich habe gerade noch eine Dusche genommen, der große Spiegel neben der Wanne ist beschlagen, das Handtuch habe ich achtlos auf den Boden geworfen, weiß mit mintfarbenem Rand auf beigen Kacheln.

Ich hebe meinen Fuß mit sauber manikürten Nägeln

und setze ihn auf den Stoff, meine Zehen sinken in die dichten Fasern, die vollgesogen sind mit Feuchtigkeit. Ich sehe im Nebel des Spiegels große rote Flecken auf meiner Haut, die sich über die zarten Fältchen des Dekolletés gebreitet haben. Wenn ich einen solchen Fleck berühre, wird er unheimlich weiß in der Mitte, bevor er in ein noch tieferes Rot wechselt.
Ich werde mich jetzt nicht kratzen.
Die Flecken brauchen Zeit zum Verschwinden.
Ich habe Zeit.

Es riecht nach guter Seife und meinem Parfum. Ich halte die Flasche immer noch in der Hand. Goldener Verschluss mit den Firmeninitialen, zwei C ineinander verschlungen, meine Finger auf der Flasche mit goldenem Ring am Ringfinger, zwei Goldstränge, ebenfalls ineinander verwoben, ich muss dran denken, dass unsere Eheringe von Chanel inspiriert worden sind und dass die Flasche mit »Allure« beschriftet ist, und muss lächeln.
Bernhard lächelt mit.

»Alles wird gut«, sagt er und zwinkert.
»Bitte pack mir das noch ein«, antworte ich und strecke den Arm nach hinten aus und reiche ihm die Flasche, ohne mich umzudrehen.
»Ich habe es vergessen.«

Bernhard verschwindet aus der Spiegelfläche. Ich schließe kurz die Augen. Die Blumen: gegossen. Die

Nachbarin wird sicher wieder eine meiner Lieblingspflanzen vergessen. Die Küche geputzt, Lebensmittel eingefroren.

Ob ich auch alle Bücher in den Koffer geschlichtet habe, kann ich beim besten Willen nicht mehr feststellen. Auf meinem Nachtkästchen liegen jedenfalls keine mehr. Aufladekabel, Kopfhörer. Notfalltropfen, die meine wohlmeinende Freundin Carla spendiert hat. In meiner Handtasche stapeln sich bereits mehrere unangebrochene Fläschchen. Ich glaube nicht daran. Aber eingepackt habe ich sie.

Ich gehe nackt durch das Haus.

»Wo bleibst du«, ruft Bernhard.

»Gleich«, sage ich, »du bist doch kein Taxi, oder?«

Mein Kleid hängt über dem Sessel im Schlafzimmer. Hut, Handschuhe, Mantel darübergeworfen. Hautfarbene Unterwäsche. Das Höschen klebt sich an die noch feuchte Haut, ich muss die Spitze wieder entwinden und über meinem Hintern glattstreichen. Durchsichtige Strumpfhosen, die meine Beine auch im Winter bloß erscheinen lassen. Bequeme Schuhe. Aber elegant. Als ich das Kleid vorsichtig über meine geföhnten Haare ziehe, zittern meine Hände. Ich sehe sie zittern und spüre nichts.

Bernhard steht draußen vor dem Gartenzaun, den Koffer neben sich, die Autoschlüssel kreisen unaufhörlich um seine Finger und klimpern. Als er mich sieht, lächelt er wieder.

»Der Rasen gehört gedüngt«, sage ich, als ich ihm zum Wagen folge. Die Fahrt wird wohl eine halbe Stunde dauern.

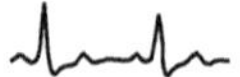

Bernhard trägt meinen Mantel hinter mir her, feierlich wie eine Schleppe, meine Tasche aus weichem greigefarbenem Leder drücke ich ihm vor Angst achtlos in die Hand, seine zittert, meine nicht. Sehe ihn an, kurz, lächle und drücke die Klinke auf, Bernhard, der Gang, die Plastiksitze, Wartende in der Kardiologie bleiben hinter mir zurück, die grüne Tür schwingt auf und ich dreh mich weg von Bernhard und gehe hindurch. Der Raum ist sehr eng, der Sessel, in dem die Patienten sich ihrem Schicksal stellen, stößt sofort an meine Knie, ich denke an die teure Strumpfhose. Lege die Hand auf die glatte Rückenlehne und blicke auf.

Er sitzt an seinem Tisch, er sieht nicht auf, obwohl ich bereits mitten im Raum stehe, er blättert in einem weißen Berg aus Papieren und blättert weiter und lässt sich von meiner Anwesenheit nicht stören, als wäre ich ein Eindringling und hätte keinen Termin, und ich stehe da wie bestellt und nicht abgeholt und beginne mich langsam zu ärgern.

Ich bin es nicht gewohnt, dass man mich warten lässt. Ich sehe von oben auf seinen Scheitel, volles Haar, kleine schmale Brille. Ich räuspere mich, ein wenig arro-

gant, als wäre mir das bisschen Luft aus leichter Abneigung im Hals stecken geblieben, und er räuspert sich auch, als ob er sich über mich lustig machen wollte, mir meine Überheblichkeit aufzeigen, als ob die Situation nicht schon lächerlich genug wäre. Ich greife nach dem Taschengurt, um die Tasche mit Nachdruck auf die Sitzfläche zu wuchten, und will nicht als Erste grüßen, aber dann fällt mir ein, dass sie bei Bernhard draußen ist, und ich sage:
»Grüß Gott.«
Er lässt seine Papierberge in Ruhe, legt langsam das oberste Blatt hin und sieht mich an. Seine Augen haben eine intensive Farbe, aber ich kann sie nicht einordnen, grau oder blau oder grün.

Er ist schön. Das denke ich im ersten Augenblick, beim nochmaligen Hinsehen vergeht das Gefühl sofort wieder. Sein Gesicht wirkt müde. Diese Müdigkeit löscht die Attraktivität aus. Ich bin eigenartig erleichtert.

»Setzen Sie sich«, sagt er und lächelt sehr professionell.
Deutet mit seiner Hand auf den Plastiksessel.

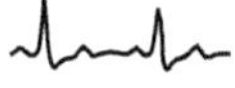

Das ist alles unwichtig jetzt. Absolut unwichtig. Ich raffe meinen Mantel an mich und gehe zum Ausgang. Ich sehe Bernhard draußen hinter den riesigen Glastüren auf und ab gehen und rauchen. Wir werden schweigend Kaffee trinken und zwei Stunden vertreiben. Er wird mich umarmen und ich werde meinen Kopf auf seine Schulter legen und so tun, als ob heute ein ganz normaler Tag wäre. Ich spüre die Türen hinter mir zugleiten und habe das Gefühl, die Pfote aus der Falle gezogen zu haben. Rechtzeitig.

Ich weiß jetzt, wie seine Augen sind. Grün.

Bernhard ist weg. Alles ist weg. Morgen wird alles anders sein.

»Alles wird gut«, sagt Bernhard mit standhafter Überzeugung aus dem Hörer des Telefons neben meinem Bett. Ich bin schon sehr müde, aber ich kann immer noch nicht einschlafen.
»Du wirst sehen. Denk nur: nie wieder Herzbeschwerden!«
»Ja.«
»Na eben! Dann können wir wieder in die Berge wandern gehen.«
»Ich hasse Bergtouren.«
»Bergluft ist gesund. Du wirst dich daran gewöhnen.«

»Ich will mich nicht daran gewöhnen, weil ich sie nicht mag.«
»Das sagst du nur, weil du noch nicht gesund bist.«
Ich hänge auf und wälze mich im engen Bett hin und her.

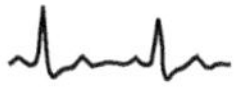

Ich habe das Gefühl, dass mein Leben von mir abgeschnitten wurde wie eine alte, gewaltsam abgezogene Haut, die nur noch an kleinen störenden Fleischfetzen hing, die unnötigen Schmerz verursacht haben.
Und keine Wendy weit und breit, die sie mir wieder angenäht hätte.
Nie sind die Wendys da, wenn man sie braucht. Ich stoße meinen Teebecher um, kalte Flüssigkeit rinnt mir über die Füße, ich stehe auf. Tigere in meinem kleinen Zweibettzimmer umher, das nur ein besetztes Bett hat: meines. Draußen leuchtet die Kleinstadt herein, ich habe die Vorhänge dicht zugezogen, die Nacht soll mich verlieren im harten Licht der Neonröhren.
Ich schlage mein Tagebuch auf, stopfe meine alte blutige Haut hinein, in einen einzigen Satz.
»Ich habe Angst.«
Schlage den Deckel zu, werfe das Tagebuch ins Metallnachtkästchen, neben die Bonbonniere von meinen Eltern, neben die Glückwunschkarte von Bernhard.
Ich war früher einmal der Meinung, dass ich anderes machen könnte als das, was ich tue: etwas *Kreatives*,

Spannendes. Etwas, wofür Menschen mich bewundern würden, nicht nur Bernhard. Meine Deutschlehrerin hat mich ermutigt, mich im Schreiben zu üben, sie meinte, ich hätte eine originelle Wortwahl, ein Händchen für Geschichten.

Es wartet um die Ecke
es wartet, um mich anzufallen
in meinem Hals zu stocken
meine Brust zu füllen
an meines Herzens statt
das, an die Rippen gedrückt
empört auf seine Rechte pocht
es hat kein
ich habe Recht.

Haben Sie gut geschlafen?«

Die Schwester ist heiter, geübt, routiniert heiter, sie öffnet die Vorhänge mit Schwung, Licht flutet mein Zimmerchen und blendet mich.

»Ich schlafe immer«, sage ich, »immer gut.«

»Na dann«, sagt sie ohne weiteres Interesse.

»Da liegt Ihr Hemdchen, der Pfleger kommt gleich. Haben Sie Ihre Wertsachen eingesperrt?«

»Ja«, lüge ich.

Es ist mir egal, was mit meinen Sachen geschehen wird, vielleicht sterbe ich in den nächsten dreißig Minuten und brauche sie sowieso nicht mehr. Dass ich gut geschlafen hätte, ist ebenfalls eine Lüge, es stimmt, dass ich nie wach bin, aber die Nacht habe ich trotzdem kein Auge zugetan. Neben meinem Bett steht ein fingerhutgroßer Zwergenbecher mit Beruhigungsmittel, ich nehme es und fühle mich wie Schneewittchen.

Der Raum ist grün und schrecklich. Ich liege zwischen zwei weißen Halbmonden, die riesige Magneten enthalten, eine Bildschirmfläche über mir, und hoffe auf die Narkose. Ich will, dass man mich auslöscht. Sofort. Er betritt den Raum durch einen anderen Eingang als den, durch den ich geschoben worden bin, er trägt eine futuristisch anmutende Uniform in der Farbe der Wände und der Liege, auf seiner Stirn stehen Schweißperlen.

Ich will alles, was hier geschieht, vergessen, bevor es noch begann.

»Schön«, flüstere ich, »schön, dass du da bist«, dann drehe ich mich um und entdecke Bernhards Gesicht an meinem Kopfkissen. Das Zimmer fährt an mir vorbei und sein Lächeln verwischt nach seitwärts.
»Wo«, kriege ich noch heraus, »wo …«
»Alles in Ordnung«, sagt Bernhard und legt die Hand auf meine Stirn, wie er es macht, wenn ich Fieber habe, und der Schatten seiner Finger legt sich über meine Augen.

Am späten Nachmittag kommt er und sieht sich seine Arbeit an. Der Blick erinnert an einen Künstler, der ein wenig zweifelnd das Atelier nach einem Inspirationsschwall wieder aufsucht und noch nicht genau weiß, was ihn dort erwarten wird. Aber nein. Er weiß, was ihn erwartet, ich bin ein folgsamer Frankenstein und liefere keinen Rückfall. Er blickt mich intensiv an und ich werde rot.

Am fünften Tag meines Aufenthaltes beginne ich mein Köfferchen zu packen. Die weißen Lilien, die mein Vater gebracht hat, lasse ich am Gang auf dem Besuchertischchen stehen. Sie sind noch frisch und duften sogar ein wenig, wenn man sich sehr nahe hinsetzt, so nahe, dass der Geruch nach Desinfektionsmittel überlagert wird.

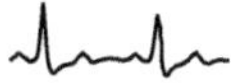

»Soll ich dich abholen?«, fragt Carla am Telefon. Ich höre, dass sie vermutlich geweint hat. Ich will sie nicht durch die Autofahrt nach Hause trösten müssen, lieber würde ich zu Fuß die Straße entlangmarschieren und meinen Koffer durch den braunzerlassenen Schnee ziehen wie einen toten Hund.
»Nein, danke«, sage ich, »Bernhard wird mich abholen.«
»Schon wieder«, sagt sie und klingt beleidigt.

Bernhard kann Carla nicht leiden, weil sie zu unberechenbaren Lachanfällen neigt, die unsere Weingläser im Buffet zum Klingen bringen, sie hat ein umwerfendes Organ und eine umwerfende Figur, wenn ihr Busen vertont werden würde, wäre er »Also sprach Zarathustra«.
Carla scheint sich weder ihrer stimmlichen noch ihrer anderen Qualitäten wirklich bewusst zu sein, obwohl sie ständig davon spricht, von der Bewusstwerdung auf allen neun Ebenen. Die Brustwerdung hat sie mit ausgezeichnetem Erfolg bereits mit fünfzehn erreicht, bevor sie mit zwanzig einen Fetischisten ehelichte. Der

Fetischist hatte viel für ihren Oberkörper, aber wenig für Esoterik übrig, was anfangs zu heftigen Auseinandersetzungen führte, die für Carla meistens auf unserer Wohnzimmercouch endeten, bis er sie spätnachts kleinlaut wieder abholte. Mittlerweile hatten sie sich arrangiert und zwei Kinder in die Welt gesetzt, das dritte wurde vermutlich in Griechenland gezeugt, war aber von ihrem Mann als Ausrutscher großzügig annektiert worden, vor allem, weil eine Scheidung ihn teuer gekommen wäre und auch sein Ansehen als Banker darunter gelitten hätte.

Carla regiert ein großes, lichtdurchflutetes Haus, das mit indischen Hochpreismöbeln eingerichtet ist, und einen schönen Garten. Sie lädt mich oft ein, aber ich fahre selten hin, am Wochenende kommt ihr Mann und Montag morgens kehrt er wieder in sein Domizil in der Stadt zurück. Die beiden Ältesten sind schon ausgezogen, das hübsche Kuckuckskind lebt noch bei der Rabenmutter.

Manchmal sagt Carla zu mir, dass sie sich umbringt, aber da ist sie meistens sehr betrunken und ich erinnere sie an die Bachblüten und die Chakren und dann, nach kurzem Nachdenken, auch an ihr jüngstes Kind.

Er greift zwischen meine Rippen
nimmt mein Herz und hebt es heraus.
Meine Rippen sind Kirchengewölbe
in die ein Heiligtum eingebettet ist
er greift in mein Rippengewölbe
und nimmt mein Herz heraus
und sieht es an.

Der Schritt hallt lang in den leeren
Räumen meiner Brust.
Ich lege die Lider über meine Augen.

Der Schamane trägt grünes Plastik
und verbirgt seinen Mund und seine
Augen vor mir.

Mein Herz schlägt zwischen seinen
Fingern
die ganz leicht mitbeben
er hebt es an sein mit grünem Mull
verbundenes Gesicht
und haucht.

Bernhard nimmt mein Köfferchen, nimmt meinen Mantel und meine Tasche, nimmt mich wieder zurück in mein altes Leben, das ich hier fast vermisst habe, in meine routinierte Begrenzung des Hauses, der Gesellschaft, der immer gleichen Tagesabläufe, die sich von den immer gleichen Abläufen hier unterscheiden.
Ich ziehe den Vorhang zu, werfe einen letzten Blick aus dem Fenster in den Innenhof des Krankenhauses, der Baum ist blätterleer und nackt, seine Äste fahren im Wind ziellos hin und her.
Der Himmel ist bewölkt, es ist kalt.
Ich werde zu Hause eine Kanne Kräutertee machen, mit Honig gesüßt, und wir werden den Abend mit zwei großen Schalen aus grün gestreiftem Gmundner Porzellan vor dem Fernseher verbringen, vielleicht mit Kerzenschein und dem Duft von Bienenwachs, nichts mehr soll mich an den Desinfektionsmittelgeruch erinnern.

Bernhard hat mir einen Schal mitgebracht, weil er befürchtet, dass ich mich, gewöhnt an die erstickende Klimaanlage des Spitals, draußen verkühlen könnte.
Ich lächle ihn an, lege meine Hand auf seine Schulter, streiche über sie, wie ich über unsere Regale streiche, um Staub abzuwischen, der noch gar nicht recht die Möglichkeit bekommen hat, sich darauf anzusammeln.
Bernhard freut sich, in die Zweisamkeit zurückzukehren.

Meine Mutter hat ihm unter Murren meines allein gelassenen Vaters ab und zu das Mittagessen bereitet, das dann immer ein Abendessen geworden ist, weil er erst so spät das Büro verlassen konnte, und das geduldig unter einem gesteppten Warmhalter in Form einer Katze auf unserem Herd auf ihn gewartet hat, statt mir. Er erzählt von den Alltäglichkeiten im Büro. Ich stelle mir vor, wie ich ein Bad nehme, das nach Vanille duftet, während klassische Musik aus dem Wohnzimmer herüberdringt.
»Vergiss nicht, Lachs einzukaufen«, reißt mich Bernhard heraus, »der Horvath liebt Lachs, und ich will ihn zufrieden sehen, bevor ich weitere Details mit ihm bespreche, ja?«

Ich sehe einen großen roten Fischleib vor mir, bereit, in hauchdünne Scheiben geschnitten zu werden, garniert mit saftigen Zitronenscheiben auf einer grünen Platte aus Keramik, und das flache Silbermesser daneben versetzt mich plötzlich in unerklärliche Unruhe. Ich spüre Schweiß auf meinem Rücken ausbrechen und kneife die Augen fest zu, um sie gleich darauf wieder aufzureißen. Vergeblich. Ich bekomme das glänzende Besteck nicht mehr aus meinem Kopf, und gleichzeitig regt sich irgendwo in mir eine unerklärliche Freude, die mir noch mehr Angst bereitet als meine Reaktion auf Bernhards Menüplan.

Er atmet mein Herz aus und ein
die Augen grün und die Binde und die
Handschuhe
sein Atemzug
hebt meine Brust hoch
und drückt sie nieder
wehe, er wendet sich ab
er soll bloß weiteratmen
solange ich ihn sehe
lebe ich.
Schweißperlend seine Stirn
wächsern bleich meine Wangen
sein Blick auf meinem
unsere Rippen in Bewegung.

Ich will ein wenig an die frische Luft«, sagt Bernhard.

Ich kralle mich in den Rand des weichen Fauteuils. Mein Rettungsring.
Der weinrote Samt gibt unter meinen weinroten Nägeln nach.
Ich füge sie in den Sesselkörper ein wie ein Implantat. Die Vorstellung, meinen Körper ohne Begrenzung der vertrauten vier Wände in die Wildnis hinter dem Haus hinauszubewegen, versetzt mich in leichte Panik. Ich bin es nicht mehr gewohnt, mehr als dreißig Schritte in einem Raum zu machen. Ich fürchte, dass mein Körper mich hinterhältig im Stich lassen könnte, im Unterschied zu Bernhard, auf den immer Verlass ist.
»Später«, lächle ich.
»Komm«, lässt er nicht locker, »komm. Komm.«

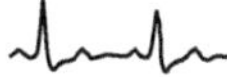

Ich liege am Vormittag das erste Mal alleine zu Hause und fürchte mich. Fürchte, den ersten Stock zu verlassen. Fürchte mich so sehr vor dieser plötzlichen Einsamkeit, die nie wirklich mein Feind war, dass ich zu erstarrt bin, um zum Telefon zu greifen. Ich fahre mit dem Finger die Schnörkel der goldgemusterten Tapete nach, ein ums andere Mal, liege da und höre die Schläge meines Herzens so genau ab wie ein Spitzel die Telefonleitung eines Verdächtigen und hoffe auf Carlas Anruf oder auf den meiner Eltern.

An den Wochenenden gehen wir spazieren, erst zögerlich, dann immer weiter weg vom Haus. Meine Schwäche schwindet mit der Wintersonne. Wir kehren verfroren und stolz darauf in unser eingeheiztes Haus zurück, um Glühwein zu machen und Zeitung zu lesen. Stundenweise sitze ich warm zugedeckt auf der Terrasse im Garten, die Blumentöpfe im Eck der Veranda sind eingemummt wie ich.

Der Teich ist zugefroren und ich zähle die Sprünge im Eis, versuche die Wasserpflanzen darunter zu erkennen, die in schwereloser Ruhe auf den Frühling warten, bevölkert von schlafenden Fröschen und Molchen.
Die Nachbarin bringt mir einen selbstgemachten Gugelhupf, aus dem ich die Rosinen entfernen muss, der aber ansonsten vorzüglich schmeckt, und ich serviere Kaffee mit Schlag dazu, mit einem Hauch Muskat darüber gerieben.
Die Narbe, die ich anfangs nicht ansehen wollte, verschwindet, zuerst unter einem hautfarbenen Pflaster, dann unter echter Haut, die sich nahtlos um den Einstichpunkt des Katheters schließt.

Carla ruft jeden Tag an und jammert über ihr verpfuschtes Leben. Ich kann anhand ihres Stimmpegels berechnen, dass das nächste Selbsterfahrungsseminar im Ausland spätestens in zwei Wochen gebucht wird. Vorsorglich lasse ich anklingen, dass ich auch diesmal keine Kraft habe, um mich um ihr jüngstes Kind zu kümmern, so wie immer.

Sie lacht unangenehm laut und sagt, davon sei sie ausgegangen.
Wir kennen uns sehr gut.

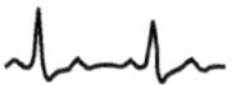

Manchmal habe ich das Gefühl, dass ich nachts mehr wache als träume, aber Bernhard schwört, dass ich vor ihm in tiefen Schlaf sinke, bis der Wecker uns aus den Federkissen reißt.

Ich stehe auf und sehne mich.
Mein Sehnen ist dreifach groß
in meiner Brust
es dringt hervor
ragt hinaus
muss zurückgestutzt werden
lässt mir keinen,
nimmt Raum
verdrängt schiebt spürt
in den Hintergassen des Gegenübers
nach
sucht mit geschickten flinken
Diebesfingern
klopft ab berechnet wühlt zerreißt.
Ich öffne den Mund und schweige
mein Herz leuchtet aus meiner Speise-
röhre heraus
ein goldenes Märchenei

er nimmt seine schmale Lampe und
leuchtet hinein
sagen Sie aaaah.
Es will durch meinen Hals in seine Hände
zurückspringen
es zerrt an der Leine
ich schnall es enger
es beißt mich in die Hand, die es füttert.
Füttern Sie mich, sage ich
nehmen Sie Ihre Maske ab, verdammt
und
füttern Sie mich.

Ich habe einerseits viel mehr Energie als zuvor, da das stetige Stolpern meines Herzens auch mich als Ganze zum Stolpern brachte, zum Ermüden, Zögerlichwerden in all meinen Unternehmungen, eine Beschränkung, die gegen Ende der Behandlung einen ruhigen Kokon um mich gesponnen hatte, in dem ich mich nicht fragen musste, ob ich vielleicht da draußen etwas versäumt hätte. Es fehlte ja sowieso die Kraft, das zu überprüfen.

Andererseits zieht es mich abends nun früher als sonst ins Bett.

Die Träume, die mich in immer kürzeren Abständen heimsuchen, fühlen sich, obwohl ich mich schlecht an sie erinnern kann, sehr real an. Zu real. Ich erwische mich dabei, ungeduldig auf die Nacht zu warten, weil ich endlich einen Fetzen dieser nächtlichen Aktivitäten meines Gehirns isolieren will, festhalten, um es in der Früh vor mir auszubreiten und zu sezieren.

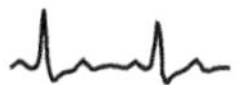

Bernhard macht Überstunden.
Ich flaniere Einkaufsstraßen entlang und habe Angst, aus Schwäche zusammenzubrechen, zwinge mich aber weiter und immer weiter, von einer leuchtenden Auslage zur nächsten.

Versuche das Gefühl der Unruhe aus meinem Magen mit dem goldenen Löffel auszuhebeln, den Fuß in den Glasschuh hinein. Manchmal wird mir die Luft knapp und ich lächle und stütze mich an die Marmorwände der Einkaufshallen. Um mich herum entsteht ein Strudel aus Schuhen, Schminkzeug, Porzellan, Seidentüchern. Nachdem ich die Augen kurz schließe, unauffällig und dezent, ordne ich die Regale vor dem inneren Auge wieder und wage erst dann, langsam weiterzugehen.

Bernhard macht zurzeit öfter Überstunden, ich rufe ihn nicht an, um ihn nicht zu stören, um mich nicht fragen zu müssen, wieso ich es nötig habe, ihn anzurufen, während er Überstunden machen muss. Ich bin vom großen Schweigen des Hauses angenehm berührt, vom Dunkel im Flur.

Vielleicht sollten wir uns ein Haustier zulegen.

Nein. Vielleicht sollte ich mir ein Haustier zulegen.

Bernhard hat ja schon eins. Ich habe mein Tagebuch aus dem Spitalskoffer geholt, aufgeschlagen, meine Blutzeilen gelesen, unaufmerksam, das Bewusstsein flieht vor der Wiederbegegnung mit dem Nichts, mit dem endgültigen Nein, mit dem vorübergehenden Abschluss unter dem Grellen der Lampen, in grünen Stoff gehüllte Leere von Geist, von Stromstößen geschütteltes, unbeseeltes Fleisch, bereit zum Öffnen, Verändern, Manipulieren, ohne jeden Widerspruch, bar jeden Willens.

Ich denke unwillig an diesen Körper zurück, der mit

roten Flecken, die die aufgelegten Elektroden auf ihm verursacht haben, geschmückt in der Vitrine des Spitalsbettes den geschickten Meisterhänden feilgeboten lag.
Das Letzte, was ich mir gemerkt habe, fällt mir wieder ein: meine Zehen. Kraftlos auseinander weisende Füße mit sauber manikürten rosa Nägeln, in denen sich das Licht spiegelt, seltsam bläulich, die Adern genau zu sehen. Das Bild kommt und bleibt, während ich meine Hand durch weichen Stoff von Pullovern gleiten lasse, ein Hauch nur, diese Wolle, ein schöner silbergrauer Hauch von nichts, ich strecke meine Hand hinein, spanne den Stoff über den Fingern, die Maschen ziehen sich auseinander wie ein Netzstrumpf.

»Kann man helfen«, sagt eine angenehme Stimme, junges Mädchen, beflissen. Stirnfransen fast bis zur Nasenwurzel, dünne lange Beine, Schultern nach vorne gebeugt. Ein Lehrling vielleicht.
»Wohl kaum«, sage ich und lächle.
Sie schrickt zurück.

Wir halten kurz inne, ich streife den silbernen Ärmel ab wie alte Schlangenhaut und lege den Pullover zurück auf den Stapel, ohne ihn zusammenzulegen wie die andern.
»Aber das macht nichts«, sage ich und lächle abermals, so aufrichtig wie es mir möglich ist. Sie versteckt ihre Augen hinter ihren Haaren und dick getuschten Wimpern. Sie sollte lernen. Rechtzeitig lernen.

»Manche Kunden sind eigenartig«, erkläre ich ihr liebenswürdig, »nehmen Sie das bitte nie persönlich. Nehmen Sie am besten gar nichts persönlich, ja?«

Sie steht schweigend da, mit geöffnetem Mündchen, sie schaut immer noch so versteckt seitwärts aus den Stirnfransen heraus. Sie wirkt rührend, bevor ich das Gefühl bekomme, dass sie eventuell einfach nur dümmlich ist. Ich hätte vielleicht schon eine Tochter haben können, so alt wie sie. Gut. Nicht ganz so alt.

Hätte ich haben können, wenn ich nicht vor dieser Endlösung der Kinderfrage so gewaltige Furcht empfunden hätte, dass ich manchmal, nachdem ich mit Bernhard geschlafen hatte, sicherheitshalber noch eine Pille danach schluckte, da ich plötzliche Unruhe verspürte. Ob ich die Pille ganz genau in der richtigen Zeit eingenommen hatte, oder ob vielleicht ein Durchfall zu viel davor. Manchmal bekam ich diesen Durchfall aus lauter Sorge, ihn zu bekommen, und nahm am nächsten Tag noch einmal eine.
Manchmal war mir dann schlecht.
Manchmal, wenn die Menstruation sich verzögerte, was durch oftmaliges Verwenden der Pille danach passieren kann, hatte ich ein, zwei Tage lang Herzklopfen wie Flattern eines kleinen Flügels, zart, behutsam, und ich konnte mich nie entscheiden, ob dieser Flügel einem Schmetterling oder einer Gelse oder einer Fledermaus gehören würde. Vielleicht wäre dann alles plötzlich anders.

Aber es wäre für immer anders, entschieden und gewogen und für bindend erklärt, und dann, als ich spürte, wie die ersten Blutstropfen meine Träumereien wieder zu Träumereien stempelten, war ich jedes Mal so erleichtert, dass ich bei der nächsten Gelegenheit erneut zum emaillierten Pillendöschen griff.

Bernhard meldete sich nie zu Wort, was Kinder anbelangte, er überließ es mir – oder vielleicht wollte er einfach keine und war, solange auch ich keinen Bedarf meldete, zufrieden in unserer ruhigen Paarweise.
Ich sollte mir ein Haustier zulegen, denke ich, und spüre augenblicklich die Bereitschaft meines Herzens, zu springen und zu traben, die Ohren anzulegen und zu laufen, zu rasen, die Landschaft an mir vorbeireißend, hinter uns die kläffenden Hunde und den warmen Hauch ihrer Lefzen fast an den zitternden Hinterläufen. Hasenherz.

Ich kaufe wahllos Dinge im Erdgeschoss ein, bevor ich das Geschäft wieder verlasse, um draußen ermüdet nach Luft zu schnappen.

»Fehlt dir etwas?«, frage ich Bernhard, als er gerade die Gabel im Mund versenken will.
»Wieso denn, alles in Ordnung«, meint er, denkt nach und fügt hinzu:

»Obwohl, reich mir doch den Pfeffer rüber, irgendwie ist das Huhn so ausdruckslos.«
Ich umfasse den schlanken Turm der Pfeffermühle, glattpoliertes schönes Holz. Mein Arm bleibt über dem Tisch schwebend stehen.
»Nein«, sage ich. »Nein, so nicht.«
»Soll ich dir auch nachwürzen?«
Ich horche angestrengt in mich hinein.
»Ja. Vielleicht.«

Wir speisen etwas zu schweigsam Hühnchen mit Reis, begleitet von ein paar Gläsern Mineralwasser, Bernhard trinkt Bier.
Dann wälzt er noch seine Bücher und ich eigenartige Gedanken.
Später gehen wir schlafen.

Ich träume wieder
von seiner Hand
die in meinen Brustkorb greift
wie durch Nebel
ohne einen Widerstand
und als seine warmen Fingerspitzen
die Haut des Herzbeutels
berühren
wird sie feucht.

Ich weiß nicht
wie sich seine Lippen anfühlen
vielleicht so wie die Hände
warm und rauh.

Vielleicht
lippenrauhreif
bläulich still
warten geöffnet
wollen ungeschminkt
geschmolzen sein.

Meine Hand
stößt an die gläserne Decke
seines weißen Mantels
der die Schultern rahmt
ich mach die Augen zu und denk an
Schnee
und die Engel
die wir Kinder
hineingezeichnet haben
mit unseren Körpern
in den dunklen Nachmittag
in den russischen Winter.

In der Nacht schrecke ich neben dem angenehm leise schnarchenden Bernhard hoch, meine Hand fährt an meine Brust, als ob mich etwas angesprungen hätte, die Alpe fallen mir ein, Kobolde, die auf der Brust von Kranken hocken, um deren Lebenskraft zu rauben. Ich bin knapp davor zu schreien, bis mir klar wird, wo ich bin. Ich könnte schwören, dass eben noch ein Riss quer durch mich verlaufen ist, und das Absurdeste daran war, dass ich scheinbar nicht nur nichts dagegen hatte, sondern in einer nicht nachvollziehbaren Art und Weise darüber erfreut gewesen bin.
Verwundet, aber nicht allein.
Ich kann mir keinen Reim darauf machen, ich lege meinen Arm über Bernhards Schulter, bohre meine eiskalten Finger in seine Achsel, er schnauft unzufrieden, ich sage »pssst« und schlafe nach einiger Zeit wieder ein.

Carla bestellt mich zu sich: Unser Donnerstagabend ist wieder fällig, ich habe ihn nun zwei Wochen lang aufgeschoben und mehr wird gesellschaftlich nicht toleriert.

Carla ist am unteren Bogen ihrer Stimmungskurven angelangt und drängt auf ein gemeinsames Einschwingen in ihr Unglück. Bernhard ist es nicht wirklich recht, aber er will mich nicht einengen, er fürchtet meinen vorwurfsvollen Blick und Carlas intensive Telefonangriffe um Mitternacht, die am Sonntag zu erwarten sind, falls ich sie zu lange links liegen lasse und ihr Mann wieder zu Arbeit und Freundin in die Stadt fährt.

Carla umarmt mich, und ich spüre mich in gewohntem Rückzug in ihren Armen steif werden, kalt, geeist, obwohl sie gut riecht, immer sehr gut riecht, nach Gewürzen und nach Weihrauch, nach etwas beinahe Erotischem, und ihr Bauch und ihre Brüste weich und einladend auf die meinen drücken. Sie will von mir gehalten werden, aufgehalten, aufgefangen.
Ich aber denke mir: mitgehangen, mitgefangen, und drücke sie weg.
Sie sieht mich aus halb zugekniffenen Augen an, nimmt das abgestellte Weinglas wieder an sich.
Nippt daran, Lippen an roter Flüssigkeit, roter Samt auf den Schultern.
Ich starre diese drei Töne Rot an und erkenne das Rot meines eigenen Herzens darin wieder, meines Blutes, das er vergossen hat noch vor meinen Tränen.
»Du siehst so seltsam aus«, sagt Carla.
Sie ist schon ziemlich betrunken und muss aufstoßen, lange Pausen machen, nach Worten suchen.
»Bist du verliebt?«
Ich muss fast lachen.
»Spinnst du«, sage ich.
Ihr Atem stößt mich mehr ab als ihre Bedürftigkeit.

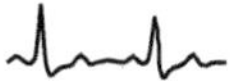

»Na endlich«, sagt Bernhard, als er mir die Haustüre öffnet, »dass das immer so lange dauern muss.«

»Heute war es übel«, seufze ich und meine es ernst.

Normalerweise unterhalten wir uns ausschließlich über Carla selbst und Erleuchtungsformen und Transzendenzversuche. Heute quälte sie mich unerwartet mit Interpretationen meines Zustandes, der Operation im Gefüge der Sternzeichen und Mondphasen und ähnlichem Schwachsinn, den ich ihr weder ausreden kann noch will, weil sie dann ohne Netz und ohne Seil weiterbalancieren müsste.

Sie wurde vehement in ihrem Rausch, sie schüttelte mich an den Schultern, schrie mich gegen Mitternacht an, weinte schließlich und flehte, mich nicht zu verleugnen.

»Nein, nein, sicher nicht«, habe ich versucht, sie zu beruhigen, und sie schrie und weinte wieder und warf ihr Weinglas nach mir, bevor ich fluchtartig ihr Haus verließ. Als ich bereits im Auto saß, rief sie mich an und entschuldigte sich unter Tränen.

Ich sinke in die Kissen und in die weichen Decken in tiefen Schlaf und träume wieder eigenartig, wache in der Nacht kurz auf und wanke aufs Klo. Als ich schon auf der Plastikbrille sitze und die frierenden Füße hochhebe, bis sie nur noch mit den großen Zehen den

Kachelboden berühren, starre ich auf die Klobürste mit silbernem Griff im silbernen Behälter, erinnere mich an seine Hände und mein Herz, das seine Berührung kaum erwarten konnte, und bevor ich weiß, wie mir geschieht, weine ich noch heftiger als Carla.

In der Früh schäle ich mich aus dem verräterischen Schlaf, reibe die Augen. Trotzig wie ein Kleinkind, aber mit dicken Falten drunter. Meine Tränen ätzen salzig verkrustete Linien in meine Haut, wie er Hitzelinien in mein Herz geätzt hat, zur Erinnerung.

Ich drücke die Kruste in die Augenwinkel hinein, drücke den Traum mit Gewalt weg und beginne zu lächeln, weil ich sehe, dass Bernhard mich ansieht und schmunzelt, als wäre nichts verändert, alles beim Alten. Alles wie gehabt.
Meine Brust für alle verschlossen und mein Herz ganz.
Er lächelt, und ich strecke die Finger aus, an denen die Salzkruste noch haftet, und schiebe sein Lächeln weg, als ob ich ihn streicheln würde, bis er die Augen voller Vertrauen schließt und ich nicht mehr ins Braun seiner Iris sehen muss.

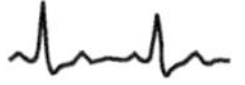

Sobald ich fit genug bin, um mich dem Stress der belebten Einkaufsstraßen wieder zu stellen, fahre ich samstags aus dem Haus wie der Geist aus der Flasche.

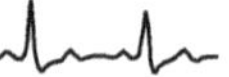

»Schau mal«, sage ich zu Bernhard und lächle süß.
Er kommt beflissen aus seinem Arbeitszimmer herausgetrabt, mit einem Buch in der Hand und einer Kaffeetasse in der anderen. Ich hebe das Papiersäckchen hoch, auf dem der noble Aufdruck einer Boutique prangt. Meine Wangen sind gerötet.
Ich komme aus dem Frost herein, und die Wärme meines Hauses treibt mir zusätzliche Farbe ins Gesicht.

»Bist du schon zurück«, wundert er sich, »es ist doch erst fünf.«
»Ich habe das Richtige schnell gefunden«, sage ich, »ich wollte auch nicht viel. Die Einkaufsstraßen sind voll, ich mag keine Massen. Das weißt du doch.«

Er nickt, sieht mich erwartungsvoll an und stellt seine Kaffeetasse auf unser weißes Vorzimmerschränkchen, ein brauner Rand bildet sich unter dem Porzellanboden – er hat wieder Kaffee ausgeschüttet und die Schale in die geflutete Untertasse abgestellt. Ich hasse das, aber jetzt ist es mir egal.

»Schau«, sage ich und reiche ihm das Paket in feinem halbdurchsichtigem Papier, »für dich.«

Er packt aus, das Papier knüllt er zusammen und legt es auf den braunen Kaffeerand, es entfaltet sich langsam knisternd wieder. Er hält mein Geschenk an sich an, etwas verwirrt.
»Ein Bademantel?«, staunt er, »ich hab doch einen.«
»Ja. Einen faden blauen. Keinen weißen. Nichts geht über einen weißen Bademantel mit grünem Stepprand. Das ist wahre Eleganz«, sage ich und muss gleich darauf lachen.
Bernhard lacht auch, er ist froh, dass ich endlich aufgehört habe zu weinen oder stur in meinem Zimmer zu schweigen.
»Probier ihn an«, fordere ich.
»Was? Jetzt?!«
»Wann denn.«
»Aber es ist gerade fünf Uhr nachmittags, ich will noch spazieren gehen …«
»Mach das einfach.«
Er schüttelt den Kopf, kaum merklich, und beginnt den Bademantel über seinen Pullover zu ziehen.
»Zieh den Pullover aus«, sage ich.
»Was ist denn los mit dir«, Bernhard verdreht die Augen, »ja, gut. Meinetwegen.«
Er zieht sich den Pullover ungeduldig über den Kopf, seine Haare stellen sich in alle Himmelsrichtungen auf, er sieht lächerlich aus, schon bevor er den Mantel anhat.
»Kannst du denn gar nichts normal machen!«, fauche ich, »du bist doch keine fünf Jahre mehr!«
»Auch mit fünf Jahren wurde mir der Bademantel erst

kurz vorm Schlafengehen angezogen«, muckt Bernhard auf.
»Jaaa, genau«, flöte ich, »zieh ihn an. Und dann gehen wir schlafen.«
Bernhard blickt mich überrascht an. Dann erfreut, erleichtert. Das Karussell mehrerer Überlegungen zieht über sein Gesicht und hält bei einem gerührten Lächeln.
»Ich hab dich falsch verstanden«, sagt er und setzt den Mantel akkurat auf seine Schultern, schlingt den Gürtel aus weichem Frottee um seine Mitte und stellt einen Fuß theatralisch vor den anderen.
»Na? Wie bin ich?«
»Nein. Nicht so«, sage ich und begutachte ihn genau, »mach den Gürtel auf. Das schaut besser aus.«
Ich gehe um ihn herum und zupfe am Kragen des Bademantels und ziehe das Rückenteil gerade, damit er locker fällt und man das Hemd darunter gut sehen kann.
Das Hemd ist grau, das passt nicht. Ich werde ihm ein weißes Hemd kaufen.
»Und jetzt geh ein bisschen herum. Nein. Nicht so. Wichtiger.«
»Wie soll ich wichtig gehen«, Bernhard wird plötzlich widerspenstig wie ein kleines Kind, »was fällt dir eigentlich für Unsinn ein. Ich habe gerade gearbeitet. Du störst.«
»Bitte«, flehe ich, »bitte geh noch ein bisschen herum. Da, den Flur entlang. Geh einfach in dein Arbeitszimmer.«

Bernhard geht zügig in sein Zimmer, er steigt vor mir die Treppe in den zweiten Stock hoch, ich sehe die breite Fläche des Frotteerückenteils direkt vor meiner Nase, so nah, dass ich einzelne Härchen erkennen kann.
»Und jetzt setz dich an deinen Schreibtisch.«
»Was?!«
»Bitte.«
Meine Stimme kriegt den Unterton, der ankündigt, dass meine Tränen bereits aus der Tiefe aufsteigen wie Gasblasen im Moor, bereit, sich bald an der Oberfläche zu zeigen.
Bernhard wuchtet sich hinter seinen Schreibtisch, auf dem die Tasse konzentrische braune Kreise hinterlassen hat. Die Arbeitsfläche erinnert mich an einen Kartoffeldruck, den ich als Kind im Kindergarten gemacht habe.
Vor ihm liegt sein Buch. Irgendein Wirtschaftsberater gibt wertvolle Anlagetipps weiter. Exklusiv. Mit Erfolgsgarantie.
»Nein, nicht so.«
Er sieht mich empört an.
»Bitte«, flüstere ich, »verschränk bitte die Arme. So.«

Ich lege seine Arme auf die Tischplatte und rücke sie hilflos ineinander. Seine Haut fühlt sich vertraut und falsch an.
»Ist es so recht?«, fragt er mich, halb ironisch, halb verzweifelt.
»Nein.«

Dann gehe ich einen Schritt weiter weg und beginne zu schluchzen.

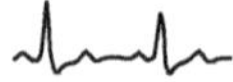

Mein Herz ist ungewohnt ruhig, während meine Gedanken an seiner statt rasen. Eines dieser Dinge muss sich ändern.

Mein Kontrolltermin wäre erst in zwei Wochen, aber ich erkläre der Ambulanztelefonistin, dass ich mich wirklich elend fühle, wirklich elend. Ich fühle mich auch wirklich elend, entwurzelt, hohl, unerfüllt. Sie verbindet mich wortlos.
Ich weiß nicht mehr, wie seine Stimme klingt.
Zu lange her.
Ich habe Angst, einen anderen für ihn zu halten oder umgekehrt.
Ich beiße in meine sauber manikürte Hand und reiße einen mandelhellen Nagel ab. Ein Blutstropfen erscheint wie eine Perle auf der Fingerkuppe. Die freundliche Stimme, die mir drei Minuten lang verspricht, mich sofort zu verbinden, reißt mitten im Wort ab, ich fahre mir aufgeregt durch die Haare und schmiere ihn mir ins Gesicht.
Er klingt wie immer, ich muss fast lachen über die Vorstellung, seine Stimme nicht mehr zu erkennen. Ich würde sie aus vielschichtigem Gemurmel eines über-

füllten Abendlokals herauskennen, so wie sie mich aus der Narkose heraus im grellen Licht der OP-Lampen begleitet hat, mich aus dem Zwischenreich wieder zurückgeführt, mir vorsorglich nicht von der Seite gewichen ist, bis ich wach war, all die Zeit über … und nun, da ich wach bin, fühle ich mich von ihm im Stich gelassen. Allein, mit meinen offenen Augen, mit meinen neuen Möglichkeiten, mit meinem alten schläfrigen Leben.

Er klingt wie immer und gereizt.
Ich fürchte plötzlich, dass er mir nicht glaubt. Mein Herz macht einen eiligen Sprung und stolpert über so viel Bedenken.
»Ich glaube, ich habe alles wieder«, sage ich.
»Das kann kaum sein«, sagt er, »aber Sie können gerne vorbeikommen.«

Er nennt mir eine Uhrzeit, ein Datum. Ob es da ginge.
Natürlich. Natürlich ginge es.
Ich bin eine freudige Verräterin.
Genau da wollten wir mit Bernhards Familie essen gehen. Ich gehe mit dem Hörer an die Brust gedrückt – mein Baby, das mich nur noch als Nachhall mit ihm verbindet – in die Küche, sehe im Kalender nach, ob mein Verdacht auch stimmt. Die Putzfrau war heute da, alles ist frisch und ordentlich, leicht fremd, da sie die Dinge immer ein wenig anders anordnet als ich, nicht viel, aber genug, um mich zu irritieren.

Den Kalender hat sie zugemacht und an den Küchentisch gelehnt.
Ich habe natürlich recht.
Ich sage ab.

Ich hänge meinen Mantel auf
neben seinem
Schwarz zu Weiß
und wünsche mir
sein Hemd wäre mein Laken
und die Hand
Herzschutzschild
über der leeren Stelle meiner Brust.

Herzklopfen wie ungeduldiges Schlagen auf lange verschlossene Türen, die ich nicht zu öffnen gewagt habe und deren Schloss langsam rostet. Ich will sie aufreißen, endlich, jeder Schlag dagegen ein Echo in meinen Ohren, bis ich nichts mehr hören kann außer meinem Puls, der sich aus der Brust zwischen meine Ohren verlagert hat, ein eifersüchtiger Gott, der keinen Laut neben sich duldet und alle auslöscht.

Er nimmt seine Brille ab und fährt mit den Fingern in seine Augenringe und reibt die Hautfalten. Er zwinkert, aber nicht zu mir. Ich denke wieder daran, wie müde er aussieht. Mein Kopfkissen ist weich und leer. Ich klammere meine Hände um die Ledergriffe meiner Tasche, um ihn nicht anfassen zu müssen, eine Haarsträhne aus seinem Gesicht zu streichen, die ihm über die Augenbraue hängt. Er senkt den Blick auf seinen Schreibtisch, bis er auf die hohen Papierstöße darauf fällt.

Da schließt er kurz die Augen.

»Das Herz ist das Zentrum von allem«, sagt er.

Er sieht auf, und ich senke den Blick diesmal nicht.

»Das Epizentrum«, sage ich.

Er lächelt mich plötzlich an, anders als sonst, privat.

Ich spüre, wie seine Worte zeitverzögert Schallwellen-Nachbeben auslösen, weitere Zerstörungen anrichten, Konstruktionen wanken und Ziegel brechen aus Fassaden. Ich will schreiend auf die Straße rennen, der Sicherheit entgegen, während alles schwankt.

Meine Schamlippen sind auf einmal sehr definiert, mindestens so genau wie mein Herz, dessen dreidimensionale Nachstellung er gerade auf dem Bildschirm betrachtet.
Er dreht es fachmännisch nach oben, unten, links und rechts, es ist rot und feucht, ich stelle mir vor, wie seine Hände über alle meine Schleimhäute wandern, so ungezwungen, wie er den Pfeil der Computeranzeige über meine Innereien gleiten lässt.
So definiert, dass sie bereits überdimensioniert sind, ich spüre sie so deutlich, dass sie, wenn ich es schaffe aufzustehen, vermutlich Abdrücke auf dem weichen Schaumstoff des Sofas hinterlassen werden wie Fingerkuppen in frischer Brotmasse.

Ich sitze auf diesen überdimensionierten Schamlippen, die unter mir anschwellen, ein Gebirge aus Fleisch bilden, einen Sitzhocker der anderen Art, mich erhöhen, mich absorbieren, ich bin ein Kopf, der auf riesigen Schamlippen sitzt, mit nichts dazwischen, und der Kopf ist auch nur dazu da, um sie wahrnehmen zu können, sie zu spiegeln und zu erkennen.

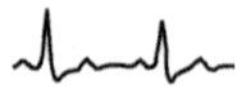

»Gehen Sie auf Zimmer Nummer 5 und lassen Sie ein EKG machen.«
Er steht auf und öffnet die Tür.
Er sieht erleichtert aus.
Ich nicht.

Als ich das Spital missmutig verlasse, unzufrieden mit dem allzu kurzen Aufenthalt, fällt mir im Ausgangsbereich der Kardiologie ein schreiend buntes riesiges Plakat auf, das eine Tanzveranstaltung für die Menschen in Weiß bewirbt. Ich versuche es zu ignorieren.

»Kommen Sie in sechs Wochen«, hat er gesagt. »Es muss zwar nicht unbedingt sein, aber wenn es Sie beruhigt, kommen Sie.«
Es beruhigt mich nicht, aber ich werde kommen.

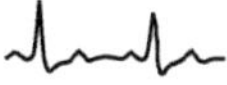

Ich laufe durch den Wald, Bäume und Sonnenlicht in Streifen wechselnd, dunkle Schatten langgezogen auf dem Boden und sonnengrelle Staubflächen, das Fell eines schmalen endlosen Tigerrückens und ich seine Reiterin. Einen Fuß vor den anderen, Schweiß im Gesicht, mein Brustkorb zum Bersten angespannt, mein Herz zwischen meinen Ohren.

Ich will es aus meinem Kopf haben, ich will leer sein und alles nehmen, jetzt, hier, sofort.
»Machen Sie Sport«, hat er mir ausrichten lassen, »Sie können jetzt bedenkenlos Sport machen.«

Normalerweise habe ich nach zehn Minuten Atemnot bekommen und in ihrem Gefolge dunkle Panik. Nicht solche, die sich scharf und klar wie ein Skalpell ins Bewusstsein schneidet und die Ruhefasern durchtrennt, sondern solche, die sich erst langsam aus der rötlichen Tiefe löst und aufsteigt, bis sie dann mit eigenartigem Geruch in meinem Kopf platzt und meine Wahrnehmung vergiftet, das Blickfeld einengt, bis ich glaube, durch eine Röhre zu laufen, an deren Ende das Licht leuchtet, die Art von Licht, von der man sich besser fernhält, wenn man noch ein wenig Erfahrungen sammeln möchte.

Meine Rippen öffnen sich
wie eine Muschel
für mehr Sauerstoff
meine Augen drücke ich fest
Lid an Lid
und die Mundwinkel zusammen
um sein Gesicht zu sehen
nicht hinter Plastik
und Metall
neben mir
mein Herz nur durch Haut

von seinem getrennt
Finger an Rücken
Nabelschnur an Naht
die Narben, die er in mein Herz
gesetzt hat
unsichtbar
und vergessen.

Sechs Wochen sind eine unerträglich lange Zeitspanne.

Ich gehe mit Bernhard italienisch essen und anschließend ins Kino. Er versteht mich nicht und ist unglücklich, er hat sich einen Frauenversteherfrauenfilm ausgesucht, made in USA, die Art von Filmen, in denen Hauptdarstellerinnen eine perfekte Frisur haben, auch wenn sie knapp vorm Sterben sind oder vor einem Orgasmus. Der Anstand muss sitzen. Betoniert.
Der Kinosaal ist voller neiderfüllter Weiber, die allein oder mit Freundin ihre Taschentücher knüllen.
Er hält meine Hand und schwitzt mit seiner.
Ich muss etwas unternehmen.

Ich suche
Spuren der letzten Nacht
die Fährte ist schwach
kaum zu lesen
diese Leseschwäche
habe ich
immer schon verachtet
ich bin ein feiger Hase
kein dummer Hund
Hasen machen keine Beute
nur Dreck.

Die glatte Oberfläche der Bar unter meinem linken Ellbogen, stehe ich da und lasse meinen Adlerblick umherkreisen. Das Gemurmel im Gedränge ist meeresrauschenlaut.

Sie zeigen Dekolleté und Rücken, Festschärpen und Orden, dicke Bäuche unter feinem Hemdstoff, Glatzen, Locken, strenge Frisuren, Falten unter Brillen, dellige Hinterteile in Stretchkleidern, schöne Münder, Schnauzbärte, trainierte Oberschenkel, geschmeidige Schritte, unsichere Bewegungen, sie drehen sich um mich, paarweise, einzeln, in Herdengruppen. Sie sind laut und sie sind homogen, während ich mich als erkennbarer Fremdkörper wahrnehme, auf sinnloser Jagd und erniedrigend durchschaubar dabei. Mit der anderen Hand halte ich mich an meinem Martiniglas fest, in dem eine Olive hilflos auf den Grund gesunken ist, elend abgesoffen wie ich, die ich gleichzeitig lachen möchte.

Ich war seit Jahren nicht mehr alleine abends aus.

Die Nacht ist spannend und seltsam, einen Augenblick lang furchterregend. Ich habe das Auto zu Hause stehen gelassen.

Ich weiß noch nicht einmal, wie ich heimkommen werde.

Die Straßen sind dunkel, mit hell erleuchteten Fenstern, die Straßenbahnen und Busse fahren in ungewohnt langen Intervallen. Es ist nicht auszuschließen, dass ich ein bisschen trinken möchte. Ausnahmsweise.

Ich war noch nie auf einem Ball ohne Bernhards Arm,

an den ich mich handtaschengleich hängen konnte, und immer in seiner Blickweite. Wenn wir von den nötigen Gesprächen ermüdet waren, saßen wir schweigend nebeneinander, von gegenseitiger Körperwärme getragen, und dieses Schweigen war genug, um uns ruhig zu machen. Nach innen gewandt auch noch außerhalb, als hätten wir unser Ehebett immer mit wie Schnecken ihr Haus, rückzugsbereit, sollte es einmal brenzlig werden.

Ich nippe am Glas, darauf achtend, den Lippenstift nicht zu stark am Rand zu hinterlassen, und sehe erneut in die Menge.
Vergeblich. Ich finde ihn nicht.
Ich kippe das Glas hinunter, mein drittes, ich habe Angst, die Toilette aufzusuchen und meinen Platz zu verlieren, ich habe von hier aus die Tanzfläche, die Sitzgelegenheiten in der Ecke und die Eingangstüre im Auge, und der Tanzsaal ist noch fast leer.

Ärzteball.
Ich muss aufrichtig verrückt sein.

Unter den Besuchern erkenne ich mehrere Gesichter, die mir im Spital begegnet sind, honorige ältere Herren, die im Frack und mit gestärkter Hemdbrust so gar nicht an die ernsten Erscheinungen in der Ambulanz erinnern, lachend, mit geröteten Bäckchen. Die Gattinnen ordnungsgemäß kichernd daneben. Sie tragen Schärpen in verschiedenen Farben, es hat etwas von

Fasching, aber auch einer Festivität bei Hofe, doch keiner wartet auf den König, bis auf mich, die ich immer unruhiger werde in meinen hohen Stöckelschuhen, in denen ich kaum tanzen werde können, sollte er doch da sein, in meinem weit ausgeschnittenen Kleid aus grauem Satin.
Zwischen meinen Schlüsselbeinen glänzt ein roter goldgefasster Stein wie ein einzelner Blutstropfen. Ich habe ihn in Reminiszenz an jenen Blutstropfen gewählt, der damals zwischen seiner Hand, die den Katheter führte, und meinem ruckartigen Luftholen beim Eintreten des Metalls auf der blassen rasierten Haut meiner Leiste erschienen ist, ein einziger runder roter Tropfen Blut, der achtlos von der assistierenden Schwester beiseitegewischt wurde.

Ich erinnere mich daran und höre mich pfeifend einatmen, so wie damals. Ein Zittern die Hüften entlang. Die Augen halb geschlossen.
Wie lange es her ist, dass seine Hände meine Haut berührt haben, kaum vorzustellen, kaum wahrzunehmen, nur noch die Reminiszenz an eine weitere Erinnerung, dreifach verschleiert hinter meinem Verdrängen der Zeit.
Die Bilder fluten mich augenblicklich. Der Blutstropfen ist derjenige, der das ganze Fass zum Überlaufen bringt, unter meinen Rückenwirbeln überlagert die schaumstoffweiche, schweißgetränkte Liegefläche des Operationstisches die Barkante, ich sehe ihn nahe vor mir, grüne Augen über grüner Binde, der Blick kon-

zentriert, entrückt, gefühllos, vergleichbar mit einem fernöstlichen Kämpfer, eine tiefe Falte zwischen den Brauenbögen, Bewegungen präzise, genau, während ich bebe und weine, hemmungslos, ich fühle den langen Metallschlauch durch mein Inneres gewunden, mit der Spitze direkt in mein Herz münden, ein Amorspfeil der anderen Art, ich fühle ihn als eindringende Schlange, die sich durch meine Arterien bewegt, den Kopf pendelnd, fast kann ich ihr Zischen hören, eine Kobra, die mein Hasenherz fixiert, so wie er mich mit einem einzigen Blick zum Stillhalten bewegt hat, und mein Hasenherz weicht zurück, Schritt für Schritt, langsam, Stück um Stück, bis es keinen Ausweg mehr gibt und seine Bewegungen erlahmen, es gibt keinen Ausweg und ich ergebe mich in das Geschehende, ich bin vermutlich das erste Mal dabei, während etwas mit mir geschieht.
Ich habe keine Wahl. Nur mich.
Meinen Körper, der sich ihm und der Zeit öffnet. Ich schließe die Augen nicht und höre auf zu weinen.
Ich atme und sehe ihn aufmerksam an.
Wir sind verbunden und ich vertraue ihm.

»Verzeihen Sie«, sagt eine Stimme, und ich fühle eine Hand fachmännisch auf meiner bloßen Schulter aufgelegt. Ich kann es kaum fassen, ich öffne die Augen, ich bin voller Hoffnung.

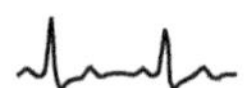

Die Toilettentür ist gnädig hinter mir zugefallen, und ich habe den kleinen goldenen Hebel hurtig umgelegt, damit das einschnappende rote Schildchen im Vorraum den beiden Frauen, die es auch sehr eilig hatten, meine Vorherrschaft bestätigt. Ich höre das Klacken ihrer Absätze auf dem Marmorboden vor dem Spiegel, es klingt wie Hufe von kleinen Ziegen. Die Ziegen drängen sich mit hochgezogenen Brauen vor den Spiegel, zupfen an sich herum und werfen verstohlene Blicke, fragend, aber nicht zu auffällig – so laut soll die Frage nicht dröhnen. Das wäre billig. Eine hat ein sehr straffgezogenes Gesicht bis hinter die Ohren, die andere ist jünger oder besser gelungen. Beide aschblond mit Strähnen, Bobschnitte und Perlen in den Ohren. Ich bin indezent an beiden vorbeigestürmt und habe mich egoistisch eingeschlossen, obwohl sie vor mir das Etablissement betreten haben, sie haben nur den Fehler gemacht, im Vorraum zu höflich beim Waschtischchen zu verharren. In meinem Blut toben mehrere Martinis.

Ich habe das Gefühl, dass mich Scham und Anstand in immer kürzeren Intervallen im Stich lassen.

Ich finde langsam Gefallen daran. Ich bin im Jagdfieber und Kranke muss man bevorzugt, ja sogar schonend behandeln. Beim Stichwort Jagdfieber fällt mir allerdings die vorangegangene Szene unschön in jedem Detail wieder ein.

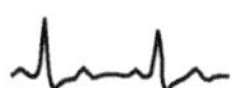

»Verzeihen Sie«, wiederholt er nochmals, »kann es wirklich sein? Was machen Sie hier?«

Ich könnte mich ohrfeigen, an den Haaren reißen, aber noch lieber würde ich es bei meinem Gegenüber tun. Er lächelt mich mit einem butterglänzenden Lippenauseinanderziehen an, er trieft vor Liebenswürdigkeit. Er ist alt, aufgedunsen, im Gesicht rotgetönt von vielen, vielen abendlichen Cognacs im Studierzimmer. Er hat eine Oberglatze und kleine Haarbüschel, die um die Ohren wegstehen wie bei einem Pinguin; nicht der Königspinguin, der elegant und sportlich wirkt, sondern jener Artgenosse, der um einiges kleiner und gerupfter scheint und den ich oft mit Bernhard im Zoo beobachtet habe. Genauso, wie es dort neben den prächtigen Braunbären auch solche gab, die immerzu räudig und armselig wirkten, auch bei bester Gesundheit.
Wieso lande ich immer bei den Exemplaren dieser Gattung, denke ich, bevor ich zurücklächle.
»Grüß Gott, Herr Doktor Gretlbayer.«

Ich kann es drehen und wenden wie ich will: Es ist schlicht unmöglich, den eigenen pensionierten Hausarzt nicht zu begrüßen. Dr. Gretlbayer zupft die breite Satinschärpe zurecht, die seine in den letzten Jahren gewaltig angewachsene Bauchfläche in eine rechte und linke Hälfte teilt, rechts ein kleiner Weinfleck, links mehrere goldene Orden.

Gretlbayer ist, wie ich gleich erfahre, schon länger hier, ja, genau an dieser Bar, und hat mich studiert. Ich sein Kunstwerk sozusagen, eines, dessen Vollendung er seit dessen zarter Jugend mitverfolgen durfte, hahaha, und das jetzt, an diesem einen magischen Abend, zur vorzüglichen Reife gelangt wie Wein, der eine Zeit braucht, um seine volle Würze zu entfalten.
Entfalten, hat er doch tatsächlich gesagt, und ich habe sofort an die Linien denken müssen, die sich seit mehreren Jahren allen Kosmetikinvestitionen zum Trotz verstärkt in mein Gesicht gedrückt haben, vor allem nach der Operation und davor von den vielen, vielen Tränen.
Ich versuche seinem Blick auszuweichen, seine Hand liegt immer noch auf mir, die Härchen stellen sich in Abwehrhaltung auf, und als er auch noch die gepflegt weichen Fingerkuppen über meine Schulterhaut hin und her bewegt, entziehe ich sie ihm unmissverständlich.

»Ist Ihre Gattin auch hier?«, frage ich und nippe an meinem Glas, um meinen Ellbogen zwischen uns plazieren zu können.
»Letztes Jahr verstorben«, antwortet Gretlbayer mit einer Stimme, die weder Trauer noch Freude verrät.
Wir lächeln und schweigen einige Zeit.
Dann legt er den Kopf leicht schief wie ein Baby und fragt:
»Wo ist denn Herr Bernhard?«

»Ich bin gleich zurück«, sage ich und trinke mit einem Zug aus.

Ich ziehe meine schwarze Spitzenunterhose hinunter, die, die ich seit Jahren nicht mehr aus der Wäschekommode genommen habe, eine mit rotem Mäschchen am Hinternansatz. Ich ziehe sie achtlos über meine Schenkel und setze mich mit ganzem Gewicht auf die Klobrille, die nahtlos an der Haut abschließt, hermetisch sozusagen, statt mich wie sonst mit angespannter Muskulatur und leicht in die Hocke gehend über die Schüssel zu stellen.
Es fühlt sich bequem und dreckig an. Ich schließe die Augen. Wie oft habe ich mich vor den Toiletten im Spital geekelt, vor allem vor denen, die sich in den öffentlichen Bereichen befanden, im ersten Stock, in den Ambulanzgängen.

Mit hochgeschobenen Kleidern, die Handtasche mit dem Kinn an die Brust gedrückt, mit zitternden Knien bin ich immer dort gestanden und habe mich vor Infektionen und zurückgelassenen fremden Körperpartikeln gefürchtet.
Nichts ist mir so suspekt wie Nähe der anderen.

Bis auf seine Nähe, die ich wieder und wieder erreichen möchte, wenn schon nicht von Haut zu Haut, so wenigstens von Blick zu Blick, Wort zu Wort, sogar wenn

diese Worte bloß Diagnosebesprechungen sind, alles, alles ist mir lieber als seine Abwesenheit und sein Schweigen.
Sollte ich gar keine Wahl haben, so ist mir sein gebeugter Rücken, der sich zügig von mir im Krankenhausgang in Richtung seines Arbeitszimmers entfernt, lieber als lauter Besuch an meinem Krankenhausbett, der mir Blumen und Schokolade mitbringt und mich beharrlich unterhalten möchte, bevor er sich über mein stehen gelassenes Mittagsdessert hermacht und sich dabei mehrere Male entschuldigt. Meistens schließe ich dann die Augen und versuche das Kauen neben mir zu übergehen, um seine Schritte draußen am Gang doch noch hören zu können.

Ich öffne die Augen wieder, die Damen tuscheln im Vorraum, aber sie wagen noch nicht, an der goldenen Klinke zu rütteln. Ich folge meiner gut trainierten inneren Gesellschaftsuhr und schätze, dass dies erst in ungefähr fünf Minuten zu erwarten ist.

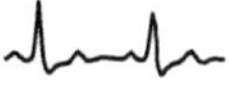

Ich will schon aufstehen, ohne mich gereinigt zu haben, denn mehr noch als die möglicherweise beschmutzten Plastikoberflächen des Spitals ekelte mich das dort angebotene Klopapier, das die allergrößte Kontaktmöglichkeit zu mir erreichen konnte.

Ich wusch mich lieber in meinem Krankenzimmer mit der Hand, um das Papier nicht auf meine Schleimhäute drücken zu müssen, und als ich aufstehe, fällt mir wieder ein, dass ich nicht im Spital bin, ihn nicht sehen werde, weder hier noch zu Hause, dass das Klopapier einwandfrei einsetzbar ist. Dann fällt mir allerdings auch noch ein, dass Dr. Gretlbayer lüstern an der Bar herumsteht, um seine einzige und große Chance doch noch wahrnehmen zu können, die ihm heute Fortuna freizügig geschenkt hat, während sie mir die lange Nase dreht. Ich greife achtlos nach dem Klopapier, reiße einen Ballen voll ab und versenke ihn zwischen meinen Beinen. Ist doch egal. Der Gretlbayer hat keine Ahnung.

Ich wanke in den Hauptsaal zurück. Jetzt walzen sie alle dahin, die Idioten, mit angestrengten Gesichtern. Ich hasse diese Pärchen, die sich uhrwerkgenau an mir vorbeidrehen, aus dem Augenwinkel sehe ich, dass Gretlbayer die Bar verlassen hat und im Cocktailraum umherstreift wie mein unruhiger Blick vorher. Ich drücke mich an die lachsrosa gestrichene Wand zwischen zwei große Stauden in Tontöpfen und verfluche meine dummen Ideen. Dass er, den ich suche, eine solch unnötige Veranstaltung niemals besuchen würde – wenn ich nur genug darüber nachgedacht hätte, statt mich von trügerischen Hoffnungen ködern zu lassen, wäre es mir klar gewesen.

Gretlbayer ist ein unguided missile, er kann jederzeit Bernhard gegenüber erwähnen, dass er mich in angetrunkenem Zustand an der Bar des Ärzteballes getroffen hat, er muss ihn nur über den Gartenzaun hinweg feixend auf mich ansprechen.

Diese beruhigende Nachbarschaft eines praktischen Mediziners entwickelt sich zunehmend zu einem Fluch, denke ich, ich habe ihn sowieso nie ernsthaft benötigt.

Warum ist dieser Idiot überhaupt in unsere Nähe gezogen.

Ach so, wir sind in seine Nähe gezogen.

Gut, dann ist Bernhard der Idiot.

Und dann wird mir klar, wie absurd das alles ist, zu Hause mein Mann, der auf mich wartet, und ich steh da im Grünzeug versteckt vor meinem ehemaligen Hausarzt – in meinem schönen Kleid, so lächerlich und klein und einsam.

Die Temperatur sinkt rapide
aber wir sind
winterweiß
unangreifbar
schwingen
durchdringen
überlappen
richten unseren Herzschlag
aufeinander aus
sind ganz und

nie wieder brüchig
abstoßend anziehend
bis die Kompassnadeln in unsren
Herzen ausschlagen
von Norden nach Süden und
zurück.
Die Frequenz wird erhöht
und die Hitze steigt
während er stehend
zwischen meinen Beinen
die lange Rute des Katheters
in meinem Oberschenkel versenkt
zwischen meinem Gestern und dem
möglichen Morgen.

Bist du krank?«, fragt Bernhard besorgt.

Er knöpft sich das Hemd zu und bewegt die Zehen in den frischen Socken hinauf und hinunter, das macht er jeden Morgen, angeblich, damit sie besser sitzen, er muss jeden Tag aufs Neue in sie hineinwachsen. Manchmal ist diese Bewegung so heftig, dass er trotz sorgfältig gerundeter Zehennägel kleine Löcher in die Sockenkuppe hineinstanzt.

Ja, denke ich, sehr, sehr krank.

Die Lage ist wirklich ernst.

»Nein.«

Ich verkrieche mich in die Decke und drehe mich auf die andere Seite, weg vom Fenster, weg vom schneidenden Sonnenlicht, das aus dem Garten durch die Spitzenvorhänge auf mein Gesicht brennt.

»Willst du Fieber messen?«

Ach, mein Lieber, gegen das Fieber kann man nichts tun.

Nicht messen, nicht wiegen, nicht urteilen. Gar nichts.

»Nein, danke.«

»Wieso warst du auch so lange bei Carla.«

»Ihr ging es schlecht«, sage ich voll echter Überzeugung.

So mies wie mir ist es Carla bestimmt noch nie in ihrem Leben gegangen.

»Die ist doch einfach durchgeknallt«, Bernhards Stimme entfernt sich Richtung Speisezimmer. Dann bleibt er plötzlich stehen.

»Sag mal, hast du etwa auch getrunken?«

Ich lege das Kissen über meinen Kopf und hasse ihn.
»Nein.«
Ich höre ihn vorsichtig die Treppe hinuntersteigen.
»Da ist gar kein Frühstück gemacht.«
Jetzt klingt er schon vorwurfsvoll.

Normalerweise bereite ich unsere Frühstücksets bereits am Abend vor, damit man in der Früh nur noch die Lebensmittel aus dem Kühlschrank holen muss. Bernhard ist bereit, meine Macken zu dulden, solange ich insgesamt funktioniere und der reibungslose Ablauf seines Alltags gewährleistet ist.
Ich bin eine Maschine, der man – aufgrund ihrer Komplexität und des hohen Wertes – kleine Ausfälle einräumt. Das ist charmant und macht mich unverwechselbarer. Solange das Frühstück, das Mittagessen und das Abendessen gesichert sind, versteht sich. Dann die Geschäftsessen mit Freunden und Kollegen. Die Pflichttermine und die Bälle.
Dazwischen darf ich verhaltensoriginell sein, in unseren vier Wänden, wenn es keiner sieht. Anschließend wird die Maschine mit viel Liebe zum Detail gewartet, und wir fahren schwungvoll die nächsten pannenfreien Kilometer. Ich runzle die Stirn, die Gedanken sind böse, mein Blick auf Bernhard ist böse, der heutige Morgen ist böse.
Ich will nicht aufwachen.
»Du siehst sehr blass aus«, tönt es vom Gang, »soll ich Doktor Gretlbayer anrufen?«
»Um Himmels willen, nein!«, kreische ich.

Mein Begehren ist ein Gewehr
das auf jemanden gerichtet werden will.
Ich bin
bewaffnet
bereit, mich zu stellen
im Morgengrauen
ohne Sekundanten
und der Arzt
ist er praktischerweise selber.
Ich werde betrügen
und als Erste ziehen
um fair zu sein
braucht man Boden
unter den Füßen
und ein Gesicht
das zu wahren
sich lohnen würde.

Ich decke den Tisch besonders schön, stelle Kerzen auf, koche Bernhards Lieblingsauflauf, sorge für sanfte Musik und warte angespannt.

Ich klammere mich an Bernhards Rücken fest und schließe die Augen, passe mich seinem Rhythmus an und achte nur darauf, regelmäßig ein- und auszuatmen, ich warte immer noch auf ihn, bis zum letzten Moment warte ich auf ihn, und als ich die Augen wieder öffne, ist mir kurzfristig nicht klar, wen ich festhalte, und kurzfristig ist es mir völlig egal.

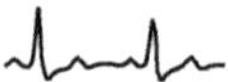

Noch später werde ich mich an ihn schmiegen und versuchen, glücklich zu sein. Dann schlafen wir ein und ich bin noch im Eindösen sehr erleichtert darüber.

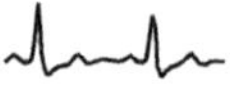

»Wie können Sie mich so behandeln«, sage ich. »Sie haben mein Herz gesehen. Wie können Sie.«

»Ich habe Ihr Herz nicht gesehen«, sagt er ruhig, »ich habe geschätzt wie alle anderen auch.«

Ich öffne meine Arme.

Er greift in meine Brust hinein und mein Herz an.

Ich fühle mich angegriffen. Ins Eck gedrängt.

Ich versuche seinen Fingern auszuweichen, obwohl

gleichzeitig eine wilde Lust entsteht, mit Gegendruck seine ganze Hand quer durch mein Herz zu treiben, bis es aufgespießt ist, durchdrungen, eins mit ihm.

Wir sind beide nackt, er hat keine Handschuhe an, ich kein Krankenhaushemdchen, er sieht mich unverwandt an, seine Augen ungewohnt frei vom Brillengestell, auf seiner Stirn große Schweißperlen, die anschwellen und sich zu Tropfen formen und langsam hinunterrinnen, jede Falte umrundend, während in meinen Augen die Tränen hochsteigen, um denselben Weg einzunehmen.

»Wenn Sie mich loslassen, sterbe ich«, sage ich.
»Lassen Sie mich los«, antwortet er.

Ich fahre hoch, es ist alles schwarz um mich und mein Herz rast, der Puls so laut, dass ich immer noch nichts höre, der Schrei steckt mir im Hals, und ich strecke die Hand aus, bis sie an Bernhards flanellbezogene Schulter stößt, und ich kralle mich fest. Er dreht sich flüsternd um zu mir und umarmt mich, ohne richtig wach zu werden, und ich bin beschämt und dankbar für seine Wärme und drücke mein schweißnasses Gesicht in seinen Pyjama hinein und weine.
»Komm her«, sagt Bernhard, »komm, komm, komm.«

Und ich lege mich gehorsam hin und schließe die Augen, die Trauer ebbt ab, und als sie ganz abgeebbt ist und ich mich in Bernhards Armen zu entspannen beginne, wird mir klar, dass mein Herz immer noch rast und ständig aus dem Takt flieht. Ein unberechenbarer sehniger Hase.

Ich warte noch fünf Minuten in vergeblicher Hasenjagd, dann knipse ich das Licht der Nachttischlampe an und sage: »Ich muss wieder ins Spital.«

II.

HERZRASEN

Wie können Sie mich so behandeln«, sage ich. »Sie haben mein Herz gesehen. Wie können Sie.«
»Ich habe Ihr Herz nicht gesehen«, sagt er, ruhig, nicht einmal gereizt.
Er nimmt mich an der Schulter, nicht fest, und dreht mich zur Tür.
Ich rühre mich nicht. Ich spüre Tränen hochsteigen, bitter wie die Medizin nach der Operation, ich lasse sie unbeteiligt ihren Weg über mein Gesicht suchen, hinein in die Augenringe, dann den Backenknochen entlang.
»Bitte«, sagt er, »ich bitte Sie. So geht das nicht weiter.«

Ich drehe mich um und schlage auf seinen Tisch ein und die Glasplatte bricht und da ist Rot in dem vielen Weiß, in unregelmäßigen Tropfmustern, und meine Augen werden schwarz und verbreitern sich über mein Gesicht und darüber hinaus und dehnen sich durch den ganzen Raum aus wie das Universum nach dem Urknall, bis alles schwarz ist und sehr leise.
»Bitte gehen Sie«, sagt er verzweifelt, »gehen Sie jetzt.«

Das schmerzt mich so, dass ich aufwache, um diesem Gefühl zu entgehen. Ich wache auf, schwinge mich sofort hoch und will in den Garten gehen, sofort, um die Vögel zu hören und den Wind zwischen den Bäumen, und schwinge die Beine aus dem Bett, bis meine Wade an die kühlen Röhren des Metalls stößt und ich wieder weiß, dass ich nicht zu Hause bin. Die Sonne scheint grell hinter einem Fenster, das ich nicht von innen öffnen kann, und spiegelt sich im Galgen über meiner Nase.

Ich habe lange geweint und dann lange geschlafen.
Auf die Visite gewartet, mit vor Scheu und Hoffnung aussetzendem Herzen, und als der Lärm am Gang sich endlich näherte, mich sorgfältig in Startposition gebracht, den Ellbogen hinter dem Kopf, die Lippen nur leicht getönt. Sie kamen herein, viele Menschen in viel Weiß, Studenten und zwei Ärzte, und schoben einen silbern glänzenden Servierwagen mit Unterlagen, Kotzbechern und Papier.
Ich fühle mein in der Nacht per Stromstoß eingerenktes Herz sich tückisch zusammenziehen, auf die Lauer legen. Das Gerät über mir, das alle seine Feindesbewegungen aufzeichnet, schlägt mit blauer Linie nach oben und unten aus. Ein jagender Hase, denke ich.
Ich frage mich, ob ich etwas Lächerlicheres kenne. Ich glaube, nicht.
Ich trage einen leuchtenden Fingerhut auf dem rechten Zeigefinger und mein eigenes Seidenhemd über den Brüsten.
Sie begrüßen mich und blättern in meiner Geschichte. Die Studenten sind sehr jung, sie tuscheln, versuchen professionell auszusehen, haben Kindergesichter dabei. Ich starre in die Gesichter der beiden Erwachsenen, voller Enttäuschung stelle ich fest, dass er nicht dabei ist. Ich bitte um die Erlaubnis, das Klo aufzusu-

chen. Sie sind freundlich und distanziert, sie vertrösten mich auf den Nachmittag und gehen wieder.

Etwas später kommt eine Krankenschwester und erbarmt sich.

Ich schlucke meine Enttäuschung hinunter, werfe meinen Morgenmantel über und gleite auf den Gang. Diesmal bin ich in einem neuen Stockwerk. Die Zimmer sind anders angeordnet, durch Blümchen unterschiedlicher Art gekennzeichnet. Ich bevorzuge das Besucher-WC; ich will keine Toilette für Kranke benutzen.

Ich bin nicht krank, nur sehnsüchtig.

Als ich die Station beinahe verlassen habe, knapp vor der schweren Glastüre, die uns vom Rest der Welt trennen soll, kommt mir ein Mann in schwarzer Jacke und Jeans entgegen. Ich will ihm ausweichen, den Blick auf den Boden, und wechsle eng an die Wand. Er steuert beharrlich auf mich zu, und als ich mich vorbeischieben will, stellt er sich mir gar in den Weg.

Ich blicke empört auf.

»Grüß Gott«, sagt er.

Ich sehe lange in sein Gesicht, erkenne zunächst die Brille, erst dann das Grün der Augen dahinter.

Dein Herz ist das Zentrum von allem
sage ich
und strecke die Hand aus
ungefragt.
Fingerspitze an Haut
der Mantel abgelegt
verändert
nicht länger
weiß
ein unbekannter Fleck auf der Landkarte
nicht länger
Körpermaterial
ein Golem
zum Formen bereit
verirrt
in dieser abgelegten Sicherheit.

Ich sitze ihm gegenüber, er hat sein Bein angewinkelt und als Barriere vor mir aufgebaut, er stützt seinen weißen Schuh auf das weiße Regal, auf seinem weißen Stuhl sitzend, seine Papiere vor sich und zwischen uns geschoben. Ich kann die Linie des Oberschenkels durch den leichten Stoff erkennen, die Anspannung der Muskeln, die Haut, die sich unter der Kniekehle spannt. Ich betrachte das Bein ab dem Knie bis zum Hosenbund, er trägt keine Unterhosen oder sehr helle Boxershorts. Ich erwische mich beim Schätzen.
Er folgt meinem Blick unwillkürlich und wendet die Augen ab, wir schweigen, bis die Stille schmerzhaft wird, dann räuspert er sich, es klingt kränklich, und ich möchte aus Solidarität auch ein bisschen husten und kriege das nicht realistisch hin.
Auf seinem Tisch läuten gleichzeitig das Telefon und sein Handy.
Sie läuten lange und wir lassen es zu.

Ich übe mich im Herzjagen.
Er ist leider schneller.

Während der Öffnungszeiten würde ich mich niemals in den ersten Stock zur Ambulanz hinunterwagen. Dorthin, wo ich ihn das erste Mal gesehen habe. Obwohl die Patienten ab halb acht Uhr die Wartezone bedenklich fluten und stetig aufgerufen werden, leert sich dieser Ort erst nachmittags gegen halb fünf. Die Gesichter der Schwestern, die wie Kuckucksfiguren aus Uhren alle zwanzig Minuten aus den einzelnen Kabinen herausschießen, haben einen grauen Schleier, und ich, die ich mich seit fünf Stunden am Gang davor herumdrücke, sehe ihn in all der Zeit genau zwei Mal auf die Toilette rennen.

Die Kardiologie ist also stetig und sisyphushaft überfüllt. Wir tragen alle schwer an unseren Herzen, bergauf und bergab. Nach Schließung der Ambulanz verschwindet er spurlos, ich habe noch immer nicht herausfinden können, wohin eigentlich. Die Patienten gehen und die Schwestern sperren die Station zu und er hat sich wie immer in Luft aufgelöst.

»Hörst du mir noch zu?!«

»Jaja.«

Bernhard spricht beschwingt weiter.

Sein langer schmaler Tisch geht über von Papieren, Akten, alten Zeitungen, zerknülltem Wachspapier mit Semmelbröseln darauf. Mehrere Wassergläser über die Fläche verteilt. An die Wand geschoben, korrekt aufgereiht, dicke Ordner. Handbeschriftet. Ich lehne mich unauffällig in seine Richtung, blicke über seine Schulter. Seine Hand ruht auf einem besonders dicken, er umarmt ihn beinahe liebevoll, offensichtlich habe ich ihn gestört, als er sich gerade dem Inhalt widmen wollte.

Auf dem Ordner steht »Brugada«.

Ich will, dass mein Name draufsteht, dass er sich nur mit mir beschäftigen muss, wenn es nicht anders geht, möchte ich selbst diese Brugada sein.

»Wer ist das?«, frage ich, und er sagt:

»Ein Syndrom.«

»Was für eins?«

»Ein tödliches«, sagt er und klappt den Ordner zu.

Ich sehe ihn
in großer Entfernung
er schwimmt in Papierfluten
hebt die Arme
taucht immer wieder auf
verschwindet zur Gänze
die Akten schlagen über ihm zusammen
kleine Zettel fliegen umher
ich rufe hinüber
er kann mich nicht hören
die Rezepte rascheln zu laut.

Die Schwester kommt und teilt mir mit, dass die Ergebnisse so weit zufriedenstellend sind, dass man meine, mich am nächsten Tag entlassen zu können. Ich horche erschrocken in mich hinein: Keine Spur von Flattern oder gar Rasen kündigt sich an, mein Herz macht gemeinsame Sache mit ihm und stellt sich hinterlistig ruhig, besonnen und seriös.

»Aber«, sage ich, »aber …«

»Wollen Sie denn gar nicht nach Hause?«

»Doch«, lüge ich augenblicklich, geübt und präzise wie immer, »doch, schon. Aber was, wenn ich wieder einen Rückfall …«

»Aber nein, die Medikamente sind genau auf Sie abgestimmt. Der Herr Doktor denkt sich doch was dabei, was er Ihnen verschreibt«, tröstet sie mich und bringt mich auf rettende Ideen.

Er denkt sich was dabei, denke ich, und ich denke mir auch was dabei, so denken wir uns beide was dabei, und ich bekomme, was ich will.

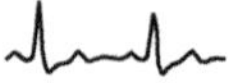

Meine Hände verschränkt über seinem Rücken, die Haut fühlt sich zart an, wie die Haut einer jungen Frau, unbehaart, hell, der Rücken ist eine Welle, die sich hebt und senkt, ich schwimme mit, ich tauche ab, die Oberfläche ist von sonnenhellen Sprenkeln über intensivem Türkis übersät, ein griechisches Meer, als ich meinen Blick nochmals fokussiere, wird mir klar, dass die tür-

kise Fläche seine OP-Uniform ist, hochgeschoben bis an den Hals.
Durch das hohe Glasfenster seines Zimmers fällt ein breiter Streifen Licht herein, in dem Staubpartikel kreisen, Sonnensysteme und Milchstraßen aus minimalem Dreck heben und senken sich über uns wie er über mir, wir treiben dahin zwischen dem Licht und Dreckpartikeln, ich muss nicht auftauchen, um Luft zu holen.
Seine Finger ruhen endlich auf meiner Brust, rauhe Haut der Fingerkuppen auf rauher Brustwarzenhaut, meine Wange an seinem Oberarm, ich hebe die Beine und umarme nun doppelt, fahre die Linie seiner linken Seite nach, bis ich die Hüfte erreiche, dort lasse ich die offene Handfläche auf seiner Haut liegen, um Knochen, Muskeln, Oberfläche in Bewegung besser wahrnehmen zu können. Die andere Hand drücke ich sehr fest auf seinen feuchten Rücken, ich will wissen, wie weit er ohne vorgeschobene Hilfsmittel wie Draht und Metall in mich vordringen kann.
Ich fühle ihn: Ebbe und Flut unter meiner Haut.

Ich öffne den Mund und schließe ihn ungläubig wieder: Es macht keinen Unterschied. Der Sauerstoff scheint durch meine Poren zu dringen, alles an mir ist offen und weit und echt.

Irgendwo läutet das Telefon, ich greife fester nach ihm, und als er sich dagegenstemmt, drücke ich erneut mit beiden Armen verzweifelt zu, um ihn in uns zurückzuzwingen, die sich ankündigende Leere ist erdrückend in ihrer unerwünschten Leichtigkeit, die aus unseren auseinanderfallenden Körpern entsteht. Das Telefon läutet noch immer, es bekommt einen unangenehm elektrischen Summton, es reißt in das warme Dunkle zwischen uns und trennt mich ab wie ein Skalpell. Ich sträube mich, so schnell aufzugeben, ich habe Atemnot, ich schreie, meine Stimme erhebt sich unangenehm hoch über mich. Nicht jetzt! Ich fahre meine gierigen Finger aus, schlage um mich und stoße auf Kaltes, Hartes, Nägel brechen. Ein tief liegendes Brennen breitet sich über den Brustkorb aus, ein Juckreiz, der schon lange unmerklich anwächst, um plötzlich in unangenehm flammende Intensität zu kippen.

Ich öffne die Augen. Ich klammere mich an den Rand eines Metallbettes und kreische wie ein frustrierter Affe. Die aufgeklebten Elektroden auf meiner schweißbedeckten Brust sind von lodernden Vorhöfen umgeben, als wären mir plötzlich unkontrolliert Zitzen gewachsen wie einer Hündin, eine davon habe ich abgerissen. Mein Nacken, mein Rücken und meine Scheide sind nass. Der elektronische Aufbau über meinem Bett, dessen Bildschirm fünf bunte Linien meines Lebens geduldig Sekunde um Sekunde aufzeichnet, Wellen, die ebenso unwiederbringlich und sinnlos verschwinden wie die in meinem Teich, gibt ein unangenehm durchdringendes Warnsignal von sich, weil ich nicht länger gläsern bin. Ich habe ein dreckiges Geheimnis und werde ordnungsgemäß gemeldet. Ich taste nach

meinem Wasserglas. Im Widerschein des Computers ist das Wasser bläulich eingefärbt wie Gift.
Die gesamte Feuchtigkeit meines Körpers hat sich ungefragt nach außen verlagert. Ich trinke das blaue Licht. Es rinnt in mich hinein, ohne dass ich es spüre, weder ich noch das Wasser sind da. Sein Körper fühlt sich immer noch realer an als mein eigener, auf mir, in mir, über mir, um mich herum. Ich lege meine Hand schützend zwischen meine schweren Fischbeine, als ob jemand meinen Zustand überprüfen könnte, da das Klappern der Holzpantoffeln auf dem Linoleum draußen lauter wird, die Schwester, die heute in der Intensivstation Nachtdienst hat, geht zügig in Richtung meines Bettes.

Nach zwei Tagen umarmt mich meine Mutter erleichtert, als ich wieder in mein Zimmer verlegt werde. Auf dem Tischchen stehen frische Blumen und ein kleiner Schokogugelhupf mit keck schräg sitzender Seidenmasche.
»Ich hab dir einen Lippenstift gekauft«, flüstert sie mir zu, während sie mich loslässt, ihr Angstgeruch und ihr Parfum bleiben an mir zurück, herb gemischt mit rosig. Ich würge.
Mein Vater sagt »Alles mit der Ruhe« und geht ins Café, mit Bernhard ein Bier trinken.

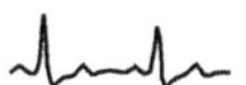

»Sie wissen, warum ich mit Ihnen reden wollte?«

»Um ehrlich zu sein, nein.«

Ich bin aufgerufen worden wie eine schlimme Schülerin, ich stehe in seinem Ordinationszimmer, auf den Zehen vor und zurück wippend, ich schwitze das ganze Rückgrat entlang und wappne mich. Er hält mir mein Medikamentenpäckchen hin, beiläufig, öffnet es. Die Alufolie fällt mit den ausgedrückten Stellen, die wie blinde Fischaugen matt glänzen, auf seinen Tisch. Dann sieht er mich auffordernd an. Ich senke den Blick und schweige.

»Wie kommt das«, sagt er. »Sie wissen ganz genau, wie ich die Einnahme verordnet habe. Wieso nehmen Sie das Dreifache?«

»Muss mich vertan haben«, murmle ich.

»Sie wissen, dass das eigenmächtige Heraufsetzen einer verschriebenen Dosis absolut unvertretbar ist?«

»Nein.«

Er kommt um den Tisch herum auf mich zu, er ist wütend und kann es nicht verbergen, und mir macht es Spaß, ihn zu irgendeiner Reaktion hinreißen zu können.

»Das ist absolut unvertretbar«, wiederholt er und sucht nach neuen Worten.

Er steht ziemlich nah neben mir, ich kann die Wärme spüren, die sein Körper abstrahlt, ich kann seine Brust im weißen T-Shirt sich heben und senken sehen, ich bilde mir ein, die Schläge seines Herzens als Vibrieren des Stoffes wahrnehmen zu können, und atme tief und aufmerksam ein, um ihn mit diesem Luftsog noch näher zu mir zu holen. Ich kann ihn ganz schwach riechen, ein warmer, fast vertrauter Geruch, nach Schweiß und nach Arzneien und zu meiner Überraschung ein wenig nach Carla.

Wir stehen eine Weile regungslos, fast in Berührung, da, mein Herz würde rasen wie alles an mir, wenn ich nicht eine Überdosis Kaliumantagonisten eingenommen hätte. Mein Körper ist angespannt, aber dennoch voller trügerischer Ruhe, die so gar nicht zu meinen Gefühlen und Gedanken passen will. Auf seinem Hals sehe ich eine Ader, in der das Blut pocht, viel schneller als meines.

»Haben Sie Herzjagen«, bringe ich schließlich heraus, als die Stille unerträglich zu werden droht. Gleichzeitig muss ich an den sehnigen Herzrasenhasen denken und spüre ein völlig unpassendes und nicht minder idiotisches Lächeln seinen Weg quer durch mein Gesicht ziehen, gegen das ich rein gar nichts unternehmen kann, obwohl mir klar ist, was für einen Eindruck das machen könnte.

Er dreht sich um, kehrt mir den weiß bezogenen Rücken zu und geht wieder zurück hinter seinen Schreibtisch, langsam, betont langsam, und setzt sich in seinen Sessel. Der Tisch, auf dem die Papierhaufen, nun von meinen Medikamentenresten gekrönt, liegen, ist wieder zwischen uns.

Ich bleibe wie angewurzelt in der Mitte des Raumes stehen.

»Was wollen Sie eigentlich von mir?«

Das sagt er leise. Aber sehr bestimmt.

»Ich will, dass Sie mich ganz machen«, sage ich.

»Alles, was möglich ist, wurde gemacht. Sie sind gesund.«

»Nein«, flüstere ich.

»Was fehlt Ihnen denn?«, fragt er.

Ich hole tief Luft, sie ist schwer und heiß, sie riecht nach der Klimaanlage des Spitals, sie stockt in meinem Hals und lässt sich kaum wieder loswerden. Die Uhr hinter ihm tickt. Ich schaffe es, zwischen ihren Pendelschlägen einen Laut hervorzuwürgen.

»Sie.«

»Wir haben viele hervorragende Fachärzte hier«, antwortet er und sieht weg und zwinkert wieder hinter seiner Brille. »Sie brauchen mich nicht.«

Seine Hände liegen verschränkt zwischen uns, auf halbem Weg zwischen seiner Brust im weißen Mantel und meinen flehentlich ineinandergewundenen Fingern. Das Licht seiner Arbeitslampe spiegelt sich in meinem ebenfalls gewundenen Ehering und im Verschluss meiner teuren Tasche. Ich sehe seine Hände unverwandt an, ich wage es nicht mehr, den Blick zu heben oder die Stimme, ich starre diese Finger, die mein Herz berührt und einen Narbenschriftzug mit seinem Siegel darin hinterlassen haben, an und bin so benommen, dass mir erst nach einiger Zeit auffällt, dass sie zittern wie meine.

Er legt zwei glühende Flächen
auf meinen Körper
und schleudert mich
aus rasenden Träumen
in eine erzwungene Ruhe hinein.
Ich stehe unter Strom.
Er ist gut isoliert.

Nach diesem Zwischenfall sehe ich ihn drei Tage kein einziges Mal. Die Visiten kommen und gehen, aber er ist nicht dabei, und als ich in die Ambulanz hinuntergehe, bleibe ich auch damit erfolglos.

Warten auf ihn ist viel anstrengender als Warten auf Bernhard. Ist anstrengender als alles Warten, das mir bis jetzt zugeteilt worden ist. Ein großes schweres zeitloses Warten ist das, das durch nichts Unterbrechung erfährt, außer durch leichte Verzweiflung, die nach einer nagenden Spanne wieder in ruheloses Warten übergeht.

Es gibt kein Ziel dieses Wartens, keine Bewegung, keine Veränderung, ich weiß nicht, worauf dieses Warten zielt oder wann es an sein Ende stoßen wird. Ich kenne den Weg zu diesem Ziel, aber nicht das Ziel selbst. Ich kenne seine Durchwahl. Ich kenne seine Abteilung. Ich würde mich niemals über diese Grenze hinwegsetzen, seit er mich unmissverständlich von der Sekretärin hat aus der Leitung werfen lassen. Bernhards Sekretärin stellt mich immer widerspruchslos durch. Warten auf Bernhard ist eine kleine Vorübung auf das Warten auf ihn, so wie der kleine eine Vorbereitung auf den großen Tod ist.

Der tiefe Schlaf, in den er mich wiegte, war nur eine Brücke, ein Vergleich, eine Parabel auf den langen tiefen Schlaf, der noch geduldig auf mich wartet.

Ich finde es tröstlich, dass er mir diese Gleichung aufgezwungen hat. Ich habe mich nie realer gefühlt als in den Augenblicken nach dem Aufwachen auf dem OP-Tisch. Frei von allem: Gewohnheit, Angst, Sehnsucht.

Ich dachte nicht an Bernhard, nicht an meine Kinderwiderstände, an meine Eltern nicht, nicht an die Fadesse zu Hause, nicht an die Furcht vor dem Versagen:

All das lag nicht in meiner Hand. Lag einfach nur: da.
Ein lebendiges Stück Körper, der ist.
Das Licht der Lampen über mir neue Sonnen einer neuen Welt.

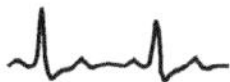

Ich weiß nicht, ob er vielleicht krank ist, oder ob er mit Absicht meine Gesellschaft meidet, die quälende Frage, was der Grund dafür ist, macht mich fast völlig schlaflos. Bernhard ruft mich an und wird abgewimmelt. Als er mich besuchen kommen möchte, verschanze ich mich im Café und tue so, als ob ich mit meiner Mutter spazieren gehen würde.

Nach einigem Herumstreunen im Spital habe ich ein halbverfallenes Gebäude entdeckt, zwischen zwei Betonblöcken versteckt. Wenn ich die Treppen des Zubaus erklimme, in dem Medikamente gelagert werden, an mehreren Labors vorbei in den letzten Stock, zum Hauptgang bis ans Fenster auf der Stirnseite, kann ich in die Fenster gegenüber sehen. Unter dem Gebälk nisten Raben. Sie schwärmen in unruhigen schwarzen Rollkommandos über den ganzen Innenhof aus, um die Nester der anderen Vögel in unbeobachteten Momenten zu plündern.
Abbröckelnder Putz, riesige Glasflächen mit Stuckresten an den Rahmen.

Manchmal brennt in einem von ihnen Licht. Ich bilde mir ein, kurz einen Mann in einem weißen Mantel am Fenster gesehen zu haben.

Rotes Kreuz auf weißem Grund
Betonauffahrt mit Stahlleuchten
es regnet
es ist warm
verfallendes Haus gegenüber
ein Fenster halb offen
weißer Vorhang
bläht sich
aus dem schiefen Holzrahmen
das Fensterglas nebenan zerschmettert
Raben tauchen hinab
im unbeobachteten Moment
und fressen anderer Vögel Junge
ich sehe ihn
dort sitzen und ihnen zuschauen
regungslos
eine Zigarette in der Hand
schmale Rauchsäule über dem Kopf
das Gesicht zu blass
und das Leben
ich habe versucht, den Hof zu queren
um sein Warten zu stören
keine Ahnung, wo der Eingang ist
und er würde ihn
mir
auch nicht zeigen wollen.

Ich habe mehrere Tage lang kurz nach Ambulanzschluss frierend im letzten Stock des Laborgebäudes damit verbracht, das verfallene Fenster gegenüber zu überwachen, um mehr über ihn zu erfahren. Schließlich entdeckte mich ein Mann, der voller Stolz und Verantwortung eine Palette mit Urinproben trug, und scheuchte mich hinaus.

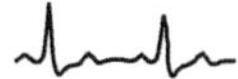

Es ist Wochenende. Das Spital senkt seinen Rhythmus ab, atmet die Überflüssigen in einem langen Strom aus. Die langen Gänge versinken im Halbdunkel und relativer Ruhe. Die Cafeteria sperrt zu, der Kiosk auch. Es ist fast so still wie in den Nächten, denke ich mir, jenen Nächten, in denen ich mit mir im Widerstreit liege, ob ich mein Bett verlassen soll oder nicht. Ich sehe den dunklen Himmel, nur wenig getrübt von den Lichtern der Lampen, die im Hof des Spitals brennen, ein oranger Schleier über die Sterne gelegt, bis die Wolken sich in langen Schlieren darüberschieben und man draußen gar nichts mehr erkennen kann, nur Nebel und Schwärze. Wenn der letzte Stern verschwunden ist, setze ich mich auf.
Es wäre so einfach.
Aber es ist zu schwer.
Das mache ich seit mehreren Nächten, und jede einzelne davon hasse ich mich dafür. Das Wochenende hat ähnliche Wirkung auf mich, denn die Geschäftigkeit, die vom Gebäude abfällt als abgelegte Äskulapschlangenhaut, reizt mich, ihn zu suchen.

Die Chance, dass er irgendwo im Gebäude ist, ohne dass Unmengen an Bedürftigen um ihn sind, ist groß. Ich weiß, dass er ab und zu Wochenenddienste übernimmt, in Bereitschaft für kommende Notfälle, also für mich.
Eine Schande. Eine Verschwendung von Schicksalsgunst.

Vielleicht treffe ich auf ihn, wenn ich einfach ziellos durchs Haus streune, man soll seinem Karma eine Chance geben, weil niemand anderer wird es tun, am allerwenigsten das Karma.

Ich will den letzten Schleier lüften, der das Geheimnis seines Aufenthaltsortes umgibt. Irgendwo in diesem Haus gibt es diese eine Tür.

Ich schminke mich aufwendig, dezent, so, dass es im Rahmen der Siechen und Schwachen um mich herum nicht zu arg heraussticht, ein durchschnittlich rosiges Gesicht wirkt hier wie eine angemalte Clownsfratze. Im Lande der Siechen ist der robuste Wahnsinnige König, beschließe ich, schwinge mich in meinen hellgrünen Seidenmantel, denke beschämt an Bernhards Frotteestück in Weiß mit grünem Rand – der, den ich nach dem schwachen Versuch, das Alte mit dem Neuen zu verknüpfen, schließlich in dem Schrank mit den ungebrauchten Dingen entsorgt habe, weder Bernhard noch ich wollten ihn benützen, da er weder ihm noch mir stand –, schenke im Vorbeigehen meinem Spie-

gelbild in der Glasfront der Schwesternstation ein Lächeln und danach der jungen Schwester dahinter, die mit straff zurückgekämmtem Haar in einer Frauenzeitschrift liest, auf deren Titelbild eine junge Frau mit zurückgestrafftem Haar zu sehen ist. Auch mir wird im Austausch ein glossbeiges Lächeln zurückgegeben.
»Aber brav in zwei Stunden wieder hier sein!«

Es ist erstaunlich, wie schnell Altersgrenzen und Hierarchien durcheinandergewirbelt werden, sobald man das Reich der Kranken betreten hat, Geschlecht, politische Einstellung, sozialer Status – die Abhängigkeit mischt alle Karten neu. Ich nicke artig meiner selbsternannten neuen Mutter zu, die bereits wieder in die Welt der hippsten zerschnittenen Jeansmodelle versunken ist.
Grungestyle für jede Figur, habe ich noch auf dem Hochglanz-Umschlag gelesen, und habe mir nicht erlaubt, das gelbe Hemd mit offenem Rückenteil, das so freizügig Einblicke in Netzhöschen, schlaff hängende Hinternhälften, leberfleckgesprenkelte Haut und bereits am Rücken ansetzende Speckschwarten gewährt, als Alternative vorzuschlagen. Humor ist hier bestenfalls in homöopathischen Dosen erlaubt und Zynismus aus Hygienegründen nicht mal ansatzweise.

Ich streife in die Haupthalle hinaus, zwischen den Pflanzen in Hydrokultur stehen ein paar Bänke aus Metall, auf einer sitzt ein alter Mann mit weiter Flanellhose, die von breiten Hosenträgern gehalten wird, ein braunes Papiersäckchen in seinen Händen. Das Bild hat etwas von einer Schülerjause.

Seine blau geäderten Hände zittern.

Er sieht unruhig umher.

»Haben Sie meine Frau gesehen?«, fragt er mich leise, als ich auf gleicher Höhe angekommen bin.

»Ich habe niemanden gesehen«, antworte ich freundlich, »abgesehen davon habe ich keine Ahnung, wie sie aussieht.«

»Sie hat Dauerwellen und eine Tasche.«

Und sie bereitet vermutlich jeden Tag dein Frühstück, Mittagessen und Abendbrot, denke ich, plötzlich hasserfüllt, und du weißt, wie dein Mittagsteller aussieht und in welcher Entfernung dazu der Salat genau stehen sollte, aber du kannst mir nicht sagen, was ihr Gesicht ausmacht. Du hast ihr Haushaltsgeräte und Ohrringe gekauft und anschließend weder das eine noch das andere wahrgenommen. Meine Hand fährt augenblicklich zu meinen Ohrläppchen, Bernhards Geschenk ist nicht dort, ich habe die Perlen im unversperrten Nachtkästchen gelassen, und ich bin selber schuld, wenn die Versicherung später nichts zahlen wird.

Er hat seine wässrigen Augen hinter dicken Gläsern immer noch auf mich gerichtet, er wirkt ängstlich.

»Haben Sie meine Frau vielleicht gesehen?«

Ich lasse die Halle hinter mir, auch ein Rundgang hat nichts Neues gebracht, es ist sinnlos. Ich suche das Besucher-WC auf, pinsle meinen Lippenstift nach, zarte Koralle auf dünner werdenden Mundhälften. Schiebe die Unterlippe im Reflex über die Oberlippe, bekomme sofort etwas Affenhaftes, vor allem, als ich sie hin und her bewege, um die Farbe zu verteilen.

Verlasse den ebenerdigen Stock und gehe zu Fuß über die Treppe in den nächsten. Die Treppe verbindet alle Ebenen miteinander, auf der rechten Seite die Ambulanzen im ersten, darüber die sieben Stockwerke mit den Krankenstationen, jedes in einer anderen Farbe gehalten. Auf der linken die Fluchtwege hinter gusseisernen Türen. Ich passiere die blaue Stufe in die nächste Ebene, lila.

Das mit dem Karma fällt mir gleich wieder ein, Carla hat mir ein schön bebildertes Meditationsbüchlein ins Spital gebracht. War da nicht etwas mit dieser Farbe und den heiligen Chakren? Rot steht fürs Herz. Das hat sie mir eingetrichtert und mich stundenlang in eigenartigen Tönen dazu muhen lassen, bis ich vor Erschöpfung aufgegeben habe. Die letzte, höchste, am schwierigsten zu erreichende, ist Weiß. Weiß wie sein Kittel. Passt.

Ich lege den Kopf in den Nacken und sehe hinauf: Acht Ebenen gibt es hier, die neunte ist vermutlich auf dem Dach, dort, wo der Hubschrauberlandeplatz ist, ich muss also mit leisem Bedauern feststellen, dass ich sie niemals erreichen werde und somit für immer im üblichen Samsara verharren muss wie all die anderen Patienten hier.

Ich steige langsam, weil schnell kurzatmig, weiter hoch, drücke mich gegen die grau gestrichene Metalltür mit dem Zweier darauf und betrete den Gang dahinter. Chirurgie, Abteilung sieben.

Vielleicht hier. Am Gang stehen mehrere Metallwägelchen, vollgeräumt mit Medikamenten, Tupfern, einem Becher mit Holzstäbchen, die bevorzugt in unschuldiger Menschen Rachenräume gerammt werden, ganz anders als jene Holzstäbchen, die erst nach geduldigem Belecken schokoladeumhüllter Eisbrocken ans Tageslicht kommen. Weit hinten am anderen Ende des Tunnels, den die Krankenzimmer bilden, taucht eine vornübergebeugte Gestalt in einem Ärztemantel auf, quert den Gang und verschwindet wieder. Der Speichelfluss setzt fast unmittelbar ein. Ein Pawlow'scher Hund ist ein Dreck dagegen, denke ich und beschleunige. Die Uhr auf der rechten Seite tickt laut.

»Hallo«, rufe ich, nachdem ich sie passiert habe und alles wieder still ist. »Hallo!«

Das weiße Kaninchen lässt sich nicht mehr in den Tiefen des Baus blicken. Dafür will nun jemand die Tür mit dem Eichkätzchen darauf von innen öffnen und erwischt mich an der Schulter, Verzeihung, Entschuldigung, kurzer Blick aufs Kärtchen: Tut mir leid, Frau Ernestine Bast.

»Hat jemand gerufen?«

»Nein, nein, niemand …«

»Wo ist die Schwester?«

»Ich habe es eilig, verzeihen Sie …«

Am hinteren Ende des Raumes flackert das Ganglicht und verlischt. Rotes Lämpchen glimmt auf, klein, rund und rot wie ein Zigarettenauge. Ich will mir endlich die Finger verbrennen. Ich umgehe geschickt einen abgewetzten Rollstuhl, der mitten im Weg steht, hetze weiter, taste mit ausgestrecktem Arm, spüre die elastische Plastikoberfläche, drücke, etwas surrt, es tut sich nichts, ich werde ungeduldig, ich stampfe mit dem Fuß auf, ich will sehen, wohin dieser Weg führt, den der Mensch in Weiß gegangen ist, der Gang bleibt genau so dunkel wie er war.
»Was suchen Sie hier?«

Ein dünnes Stimmchen vom Eichkätzchenzimmer herüber, schwach, wie am Strand vom Wind davongetragen, sie selbst ist so dünn, dass ihr dasselbe drohen würde, wäre sie noch gesund genug, einen Ausflug ans Meer zu machen. Die Alte soll bloß das Maul halten. Ich zische ums Eck, mitten ins Dunkle hinein, vor mir ertaste ich zwei Türen, beide mit je einem horizontalen Griff über die ganze Breite ausgestattet, den man hinunterdrücken muss, um sie zu bewegen. Auf einer spiegelt ein Plastikaufkleber das Licht ein wenig, aber ich kann nicht erkennen, was darauf steht.
Auf der anderen eine schlichte Nummer aus Metallziffern. Ich horche einen Augenblick, völlige Stille. Es gibt keinen weiteren Ausgang, da muss er durchgegangen sein.

Ich hole tief Luft, beschwöre sämtliche Chakren, die mir in der Eile einfallen, strecke meine Hände ins Dunkle aus und versuche zu fühlen, welche die richtige ist, bilde mir ein, ein schwaches Kribbeln in der rechten Hand wahrzunehmen, und stemme mich von oben gegen den Griff.

Er geht nur sehr schwer in Bewegung über, ich spüre Widerstand, das beflügelt mich, ich nehme Anlauf und werfe mich mit aller Kraft dagegen, die Tür gibt ein eigenartig schnarrendes Geräusch von sich und schwingt langsam auf. Sie ist aus Metall, ich drücke mich mit meinem ganzen Körper dagegen wie eine leidenschaftliche Geliebte, ihre Kälte ist sogar durch den grünen Mantel spürbar, ich drücke meine Wange an ihrer kühlen glatten Lackierung platt und drehe mich auf diesem senkrechten Präsentierteller, löse mich ab und wende mich dem Raum zu. Ich stehe in einem schmucklosen Betonschacht. Hinter mir fällt die Tür erstaunlich schnell mit lautem Dröhnen ins Schloss.

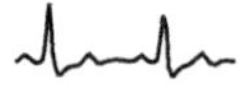

Es ist kein Problem, wenn ich diese Tür nicht aufbekomme. Das Schicksal wollte es so. Ich habe in dieser Sciencefictionkulisse aus Stahl und Beton wenig motiviert um Hilfe gerufen und mir vorgestellt, wie das wäre, wenn er mich hier finden würde, aufgelöst und schwach und zum Retten bereit, aber immer noch schön geschminkt.

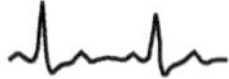

Scheißkarma. Ich werde nie wieder auf undefiniertes Kribbeln hören, egal, wo es herkommt. Diesmal natürlich vom Aufprall von Frau Basts Tür an meiner Schulter. Carla ist eine Idiotin und ich eine noch größere, weil ich einer amtlich beeideten Lebensunfähigen Glauben schenke wider allzu gutes Wissen. Ich lehne mich an die Wand und gehe ruhig alle meine Möglichkeiten durch.
Es handelt sich um sehr viele.

Ich habe bereits eine Spanne Zeit damit verbracht, die Feuerleiter hinaufzuklettern, um den nächsten Stock zu erreichen und dort noch eine ebenfalls versperrte Metalltüre zu finden. Weiter habe ich mich nicht vorgewagt, weil ich nicht schwindelfrei bin und die Plattformen vor den Türen recht schmal gestaltet sind. Mir wird langsam kalt.

Ich trommle wie eine Irre gegen die Tür, ein dumpfes Echo folgt meinen Handbewegungen. Mir kommt vor,

 dass die Betonwände sich bewegen, verschieben, mir immer weniger Platz lassen.
Die kostenlose Boulevardzeitung, die hier überall aufliegt, fällt mir ein. Erst vor kurzem habe ich von Patienten, die in Kliniken verlorengehen und Monate nach ihrem Ableben in unübersichtlichen Winkeln des Hauses gefunden werden, gelesen und mich köstlich über die Geschichte amüsiert.
Eigentlich witzig, dass das ausgerechnet mir passiert. Ich lache ein bisschen über diesen seltsamen Zufall, Karma schon wieder, dann beginne ich zu brüllen. Hoffentlich hört mich die liebe Dame, die mir am Gang begegnet ist. Nach einer gefühlten halben Stunde bin ich mir ganz sicher, dass die alte Hexe nicht nur schwach, sondern auch absolut schwerhörig ist.

Ich glaube, ich sitze schon den halben Tag hier herum. Hoffentlich hat jemand meine Abwesenheit bemerkt. Es ist Wochenende, fällt mir ein, es ist Wochenende und es wird niemandem einfallen, nach mir zu suchen. Vielleicht glaubt man sogar, ich sei mit meinem Mann ausgegangen, wie manche Rekonvaleszente es tun dürfen. Ich setze mich auf die Plattform und lehne mich an die Eisentür.
Ich hasse ihn, ich hasse mich und Bernhard hasse ich auch. Warum hat er mich nicht tatsächlich abholen können, wie jeder normale Ehemann das am Wochenende tun würde?! Aber nein, er macht Überstunden,

schon wieder, damit wir uns einen schönen Urlaub leisten können und einen Swimmingpool im Garten, in dem dann doch nur wieder Nachbarskinder lärmen und junge Vögel ersaufen werden. Er wird erst am Abend kommen, ich weiß nicht, wann Abend ist, ich habe kein Zeitgefühl mehr, seit ich in diesem grauen Uterus festsitze. Vielleicht bin ich erst eine Viertelstunde hier, vielleicht den ganzen Nachmittag.
Mein Herz klopft, nicht zu schnell, nicht zu langsam.
So, wie er das wohl haben wollte.
Ich lege meine Hand über meinen Brustkorb, muss an seine Finger denken und fühle, wie meine Brustwarzen die Form verändern.

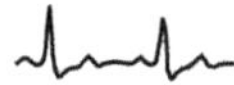

Vielleicht komme ich hier nie wieder raus. Meine Lippen sind ausgetrocknet, und ich lecke den Schweiß, den ich aus der Stirn gewischt habe, von meiner zitternden Handfläche. Ich wage nicht, noch einmal zu weinen, um keine weitere Flüssigkeit zu verlieren. Ich atme flach, ich will schlafen, weil ich Angst habe, vor Erschöpfung von der Plattform hinunterzukippen.
Ich schließe die Augen. Das dauert wieder lange. Von sehr weit weg höre ich sehr zart das Geräusch eines Bohrers. Ich springe auf und horche konzentriert. Es scheint mir, dass das Geräusch von unten zu mir heraufdringt.

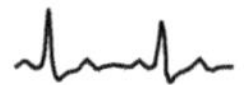

Unter mir gibt es noch zwei Stockwerke, ich errechne also, dass das letzte die Garage ist. In der Garage arbeitet jemand. Vermutlich jemand, dessen Ehefrau seine Wochenendüberstunden verdammt. Ich wische mir die verronnene Schminke aus den Augen, die Wangen entlang, und mache mich auf den Abstieg gefasst.

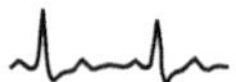

Ich bin am Grund des Betonbauches angelangt, in dem ich gefangen bin als ungläubiger Jonas in dem Bauch des Wales, eine Karmaheidin, verwundet auf der Wilden Jagd. Mir ist egal, wie ich jetzt aussehe, mir ist egal, ob ich ihn jemals treffen werde. Ich will nichts wie raus und dann sofort ins Bett und einen warmen Tee mit Honig. Meine Sehnsüchte ziehen sich auf einen sicheren Radius zurück, der sich in meiner momentanen Situation immer noch als schwer zu erreichen erweist. Tatsächlich, da dringen die Geräusche eines Metallstiftes, der auf Beton trifft, sehr deutlich hinter der wohlbekannt eisernen Tür auf Ebene 0 hervor. Ich brülle laut, diesmal vor Freude, ich trete gegen die Tür und schlage gleichzeitig mit beiden geballten Fäusten auf sie ein. Das Geräusch ebbt ab.

»Hallo!!«, kreische ich, »können Sie mich hören? Hallo!«

Einige Zeit herrscht völlige Stille. Dann meldet sich ein Mann auf der anderen Seite.

»Der Hallo ist gestorben.«

»Hallo!!! Hallo!«, schreie ich sinnloserweise nochmals.

Mein Herz springt gleichzeitig mit mir.
»Der liegt am Friedhof … neben dem … neben dem …«, er muss angestrengt nachdenken, wie der alte Witz denn weitergeht.
»Neben dem Servus«, helfe ich nach, »machen Sie jetzt die Tür auf, bitte?«
»Nein, das darf ich nicht«, antwortet er erstaunlich firm und prompt.
»Wie bitte? Sie müssen mich hier rauslassen!«
»Nein. Mein Chef hat gesagt, die Fluchttür darf man nie aufmachen. Außerdem geht das gar nicht, hat er gesagt.«
»Schauen Sie, ich habe sie aufgemacht …«
»Das geht mich nichts an. Ich krieg sonst Ärger.«
Das Bohrgeräusch setzt wieder ein.
»Sind Sie wahnsinnig?«, tobe ich auf der anderen Seite und malträtiere die Tür, »wenn mir etwas passiert, werden Sie persönlich dafür verantwortlich gemacht! Vielleicht sterbe ich hier drin und Sie … und Sie … gehen in den Knast wegen unterlassener Hilfeleistung … Beihilfe zum Tod … was weiß ich!«

Der Bohrer verstummt wieder, aber er antwortet nicht.
»Sie werden so was von Ärger kriegen«, fauche ich in die Stille hinein.
»Eben, das hat mein Chef ja gesagt«, sagt er unsicher.
»Ihr Chef wird auch Ärger bekommen«, gifte ich hinter der Eisentür, »und zwar wegen Ihnen.«
Die Stille dehnt sich unangenehm. Er wägt ab.

Wie ein Computer, den man mit gleichwertigen, aber widersprüchlichen Daten gefüttert hat, könnte er sich im binären System aufhängen.

»Sind Sie noch da?«, frage ich in plötzlicher Panik.

»Aber er hat gesagt, diese Tür darf man unter keinen Umständen aufmachen …«

»Ja, das hat er gesagt, damit Sie nicht durchgehen und so eingesperrt werden wie ich.«

»Eben. Man darf die nicht aufmachen.«

Ich hole tief Luft.

»Bitte lassen Sie mich raus«, flöte ich im weiblichsten Ton, der noch durch die Tür dringen kann. »Ich sitze sonst bis Montag hier und habe weder zu trinken noch zu essen.«

»Darf ich nicht.«

»Wissen Sie, was der Professor gesagt hat, der dieses Haus hier leitet, und der Ihren Chef angestellt hat?«

»Nein.«

»Dass man Patienten behandeln muss, wie er es vorgeschrieben hat. Und ich soll ins Bett. Wenn Sie jetzt diese verdammte Tür öffnen.«

»Weiß nicht.«

»Ihr Chef wird stolz auf Sie sein. Bitte.«

Ich ziehe die Angel mit großer Achtsamkeit näher zu mir her, der Fisch spielt noch unschlüssig mit dem Haken.

»Also gut«, sagt er schließlich.

»Sie sind ein Engel«, hauche ich, als die Tür langsam in Bewegung gerät. Sie ist eingerostet, seit langer Zeit

hat niemand solchen Unsinn wie ich gemacht. Als sie schließlich einen Spaltbreit offen ist und ich ein blaues, staubverschmiertes unförmiges Hosenbein neben ihr sehe, fahre ich wie die Plagen aus Pandoras Box auf den Krankenhausgang hinaus und auf den Arbeiter, der seinen gelben Bohrer vor Erstaunen fallen lässt.
»Sie sind ein Idiot! Ich beschwere mich bei Ihrem Chef und jedem Vorgesetzten Ihres Chefs, den dieses Spital zu bieten hat!«, kreische ich, »Sie Arschloch!«

Er macht die Tür sorgsam wieder zu.
»Sehen Sie«, sagt er vorwurfsvoll. »Ich hab Ihnen doch gesagt, ich bekomme Ärger.«

Als ich in mein Zimmer zurückkehre, stelle ich fest, dass es nicht länger mein Zimmer ist. Im Bett gegenüber liegt eine bis an die Nasenspitze zugedeckte Frau mit rötlichbraun getönten Haaren und atmet pfeifend. Ihre Augenlider bewegen sich, als ob sie immer wieder aufs Neue versuchen würde, sie zu öffnen. Eine Hand ist unter der Decke herausgefallen, mit feingliedrigen langen Fingern, trotzdem bedrückend hilflos wie eine Kinderhand.

Am Abend kommt Bernhard und stößt sich erst an dem neu aufgestellten zweiten Stuhl neben dem Metalltischchen und danach an der Zaungästin unserer versuchten Annäherungen.

»Was soll die da, bitte«, zischt er mir zu, als er mir ein Küsschen neben das Ohr hinhaucht. Ich blicke unwillig hinüber.

Die Frau hat immer noch kaum Farbe im Gesicht, sie schläft mit offenem Mund, der tadellos sanierte Zähne freigibt, schön für ihr Alter. Aus einigen kurzen Wachphasen weiß ich, dass sie einen Sohn hat, geschieden ist und Frau Auhofer heißt. Helene.

Seit zwei Tagen, seit ihrer Operation, wartet sie nun auf ihren Sohn.

Ich schäme mich des regen Besuches an meinem Krankenbett, das mir sogar noch Freude bereitet.

Bernhard betrachtet angeekelt den feinen Speichelfaden, der sich zwischen den fahlen Lippen gespannt hat. Das Licht, das durchs Fenster hereinfällt, lässt Knötchen von Flüssigkeit darauf funkeln, ich muss an Spinnennetze denken, die ich im Sommer in der Früh zwischen langen Halmen gespannt fand, wenn ich auf unserer Wiese hinterm Haus zum Sonnenbaden ging. Vielleicht ging Helene Auhofer früher auch gerne sonnenbaden.

»Sei still«, sage ich zu Bernhard.

Im Halbschlaf verzieht Frau Auhofer ihren vollen Mund ganz leicht zu einem Lächeln.

Gegen zwei Uhr früh ist sie plötzlich hellwach, mit weit geöffneten Augen in die Dunkelheit stierend, und fragt in großer Unruhe nach ihrem Sohn. Ich werfe einen Blick auf ihre Messwerte, die sogar mir als Laien auffällig erscheinen, und bevor ich noch fragen kann, ob ich etwas für sie tun kann, schrillt auch schon der Alarm. Ich erstarre zu einer nutzlosen gelb gewandeten Salzsäule. Frau Auhofer weint, als ihr Bett eilig hinausgeschoben wird. Ich schaffe es nicht, mich zu verabschieden oder etwas Nettes zu sagen. Ich liege schlaflos in der Stille und in meinem Schweiß.

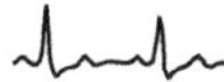

Als Bernhard am nächsten Tag das Zimmer betritt, ist es zu seiner größten Zufriedenheit wieder ein Einzelzimmer geworden.
Seine Freude kotzt mich an.
Ich werfe ihn hinaus.
Ich frage nach und die Schwester will mir nichts sagen.

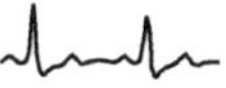

»Ich wollte Sie sehen«, sage ich.
Er schweigt und sieht mich prüfend an.
»Es ist sehr wichtig.«
Er sagt immer noch nichts.
»Darf ich Sie einladen?«
Wir sitzen in der Cafeteria des Spitals, hinter dem Glas bewegen sich Menschen in zwei Strömen, einer, der

hineinführt, und einer, der hinausflutet. Die Gesichter derer, die aus dem Gebäude gehen, wirken gelöster als jene, die hineinmüssen, als ob eine Bedrohung von ihnen abfallen würde, mit jedem Schritt, den sie von dem Gebäude wegsetzen.

Das Haus der Schmerzen. Ein Haus, das zeigt, wieweit man sein Menschsein aushält und ab wann es nicht mehr ertragbar ist. Sehr, sehr genau findet hier jeder diese Grenze für sich vor und kann entscheiden, ob er sich darüberwagt oder ob er hinübergeschliffen werden muss, ein wimmerndes wahlloses Stück begrenzten Fleisches.

Ich kenne diese Grenze sehr genau. Ich habe mir in den Kopf gesetzt, sie anzusehen, abzuschätzen, mit der Zehe zu prüfen und entschieden darüberzusteigen. Komme, was wolle, denke ich mir. Vor dem Gedanken an den großen Schlaf wird alles lächerlich, was mir vorher bewegend und unausweichlich erschien.

»Meinetwegen«, sagt er, »meinetwegen laden Sie mich ein.«

Wir sitzen in einem abgeschiedenen Winkel des Kaffeehauses, ein ungemütliches Plätzchen neben den Toiletten, aber ruhig. Die meisten Patienten haben sich im großen Saal niedergelassen, ich sehe ein Rollstuhlrad hinter der Tür hervorglänzen. Ich versuche zu erkennen, ob jemand drinnen sitzt, aber das ist unmöglich. Wir schweigen wieder einmal. Das stört mich diesmal nicht, denn mein Angriff steht kurz bevor und

ich muss mich rüsten. Die Serviererin kommt, grüßt ihn, lächelt mir kurz angebunden zu. Nimmt unsere Bestellungen auf. Geht.
Ich atme bewusst und regelmäßig. Ruhig.
Mein Kopf fühlt sich frei und klar an.

»Ich träume von Ihnen«, sage ich, als unser Kaffee schon serviert ist und er die Cappuccinotasse an die Lippen heben will.
»Und ich meine nicht irgendwelche Schwärmereien. Ich träume fast jede Nacht von Ihnen, und ich habe das Gefühl, dass ich mich jede Nacht mehr von dem entferne, was früher mein Leben ausgemacht hat.«
»Ist das eine Reklamation?«, fragt er mich und versucht sehr ernst auszusehen.
»Nein. Ich wollte mich bei Ihnen von ganzem Herzen bedanken.«
»Ich verstehe nicht.«
»Sie stehen doch jeden Tag an dieser Schnittkante, die ich nur kurz habe sehen können. Wie können Sie denn nicht verstehen. Sie wissen, was Leben und was Sterben bedeutet.«
»Das ist mein Job.«
»Das hat mich verändert. Dinge ausgemerzt. Narben geglättet. Erregungsleitungen punktgenau ultrahocherhitzt.«
Er lächelt plötzlich, kurz, zwingt das Lächeln wieder aus seinem Gesicht, sieht in seine Kaffeetasse hinein und schwenkt den Kaffeerest darin herum, als wollte er gleich die Zukunft daraus lesen.

»Haben Sie etwa Fachliteratur gewälzt?«
»Ich habe bloß in mich hineingehorcht.«
»Einbildung ist eine starke Kraft«, sagt er und stellt die Tasse hin.

Ich bin erstaunt über meine eigene Gelassenheit.
Ich schüttle entschieden den Kopf. Das hier habe ich wahrgenommen und gefühlt und ich lasse es mir nicht mehr nehmen.
»Nichts anderes ist es, was Sie gemacht haben.«
»Seit wann fühlen Sie sich denn so verändert?«, fragt er und sieht mich mit fachkundigem Interesse an, der Blick ist plötzlich wieder wach und frech. Prüfend. Skalpellscharf.
Ich weiche etwas zurück. Die mit Leder gepolsterte Rückwand unseres Bänkchens drückt sich in meine Schulterblätter.
»Seit einiger Zeit.«
Er verschränkt die Arme vor sich auf dem Tisch, der augenblicklich beginnt, wie sein Arbeitstisch zu wirken. Seine Unsicherheit ist plötzlich verflogen. Er beugt sich zu mir vor, meine Nähe scheint ihn nicht mehr im Geringsten zu stören.
Ich ahne, dass das ein schlechtes Zeichen ist.
»Sie reduzieren sofort die Dosis Ihrer Medikamente«, sagt er mit triumphierendem Unterton, »und wenn Sie sich dann immer noch eigenartig fühlen, werden wir uns andere überlegen müssen.«

Bernhard ist von der ungewohnten Einseitigkeit seines neuen Lebens aus der Bahn geworfen und bringt mir seine Speisepläne für die nächsten Wochen ins Spital mit. Lebensgefährte kommt vermutlich von Lebensgefahr.

»Sie umzingeln mich«, schreit er mich an.
»Haben Sie nicht die Angst, etwas in Ihrem Leben zu versäumen?«, schreie ich zurück.
»Ich habe niemals Angst«, brüllt er.
Das Zimmer, in dem wir kämpfen, fällt aus gedämpftem Licht langsam in völlige Dunkelheit, die nur von einem kleinen Teelicht unter seinem Teekessel erleuchtet wird. Als es ganz finster geworden ist, schweigen wir.

»Wie kannst du dich nur so gehen lassen«, belehrt mich meine Mutter, »Bernhard ist es nicht gewohnt, so lange allein zu sein.«
Sie hat recht. Ich lasse mich gehen.

Die Gänge sind so still, so still, dass jeder Schritt dröhnt, auch wenn ich meine Stöckelschuhe im Zimmer gelassen habe und die flachen Ballerinas aus ita-

lienischem Leder trage, der Hall meiner Schritte läuft mir voraus und kommt wieder zurück – wie ein kleiner Hund, der mich in seiner Nähe haben möchte.
Die Gänge sind erleuchtet, als ob das Haus voller Geschäftigkeit wäre, und ich gehe, mich mit einer Hand an die glatte Wand stützend, gehe im grellen Licht der Ganglampen, gefolgt von meinen eigenen Schritten, und drehe mich manchmal um, um zu sehen, ob mir jemand folgt. Ich passiere die Sessel in den Wartesälen, die am Tag alle besetzt sind, die Warteräume, sonst voller Raunen, Rascheln und Weinen, die Fenster der Ambulanz geschlossen zur Nachtruhe, das Fensterchen mit einem Karton abgedeckt. Ich drehe mich um, aber nicht, weil ich in dieser Stille verloren bin: Ich will sichergehen, dass niemand mich wahrgenommen hat. Die Befürchtung ist völlig unbegründet: Der erste und der zweite Stock sind völlig leer.
Ich habe das Gefühl, in einem verlassenen Raumschiff zu wandern, entworfen für Tausende von Menschen, die es aus einem unbekannten Grund verlassen haben, und diese Einsamkeit macht mir gar keine Angst. Ich bin glücklich in einer Welt, die mir alleine gehört und die ich bloß mit einer weiteren Person teilen möchte, mit niemandem sonst.

Ich trage ein Hemd aus schwerer weißer Seide, darüber die dottergelbe Uniform mit dem eingestickten Emblem meiner untertänigen Zugehörigkeit, sechster Stock, Kardiologie. Wenn ich verlorengehe, kann

man mich an den Ort zurückbringen, wo mein Präsenzdienst abzuleisten ist.
Ich husche aus einem schmalen Verbindungsgang zwischen zwei Toiletten hinaus auf den breiten Gang, der alle Stationen quer durch das Gebäude verbindet, und bin so unvorsichtig, dass ich beinahe mit einem Pfleger zusammenstoße, der den Bereich der OP-Räume eilig verlässt. Ich zucke zurück in das Halbdunkel zwischen den WC-Türen und halte den Atem an – er ist ohne aufzusehen an mir vorübergehastet, sein schlurfender Schritt verliert sich nur langsam und ich warte und warte, flach atmend, ohne mich zu rühren, und mein Herz will nicht mit mir mitwarten und läuft ungeduldig ein Stückchen voraus, anstatt meiner Schritte, und ich rufe es zurück, zuerst einschmeichelnd, dann strenger, ich stampfe mit meinem Fuß auf, und es folgt mir erst dann, widerwillig und aufmüpfig.

Wenn ich erfolgreich sein möchte, kann ich – darf ich – nicht als Patientin kommen. Ich muss kommen als Gleiche unter Gleichen, als eine ebenbürtig Gesunde, eine, die in keinster Weise, bis auf eine, auf ihn angewiesen ist. Ich atme also fedrig leicht und stoße mich aus dem Schatten ab und quere den hellen Gang und tauche in erneutes Halbdunkel auf der anderen Seite ein, dort, wo das Gewirr der Untersuchungszimmer beginnt.
Kurz vor seiner Türe halte ich dennoch inne. Ob ich völlig wahnsinnig geworden bin, frage ich mich, sogar

halblaut, ich bilde mir ein, Bernhards Untertöne aus meiner Stimme zu hören, und ich beruhige mich beim Klang seiner Stimme in meinem Kopf.

»Was soll denn das«, höre ich ihn sagen, »Das ist doch wirklich … wirklich verrückt. Geh wieder in dein Bett. Komm. Komm. Komm.«

Ich schließe die Augen, ich kann Bernhards Schulter neben mir spüren, warm, vertraut, sein Gewicht erst stützend, dann erdrückend, ich weiß, dass ich gleich weinen werde, und ich will nicht weinen, weil meine Augen rot werden und ihren Reiz für ihn verlieren könnten, und ich drücke sie so fest zusammen, dass ich grüne konzentrische Kreise sehen kann, die sich ausbreiten wie Wellen im Teich hinter unserem Haus, an dem ich gerne Steinchen werfend saß und ihnen beim Verschwinden im Dunkel des Moorwassers zusah, und den Wellen, die sich am Ufer brachen und wieder zurückliefen zu mir wie meine Gedanken zu ihm, und je mehr ich in den Teich unserer dunklen Ungewissheit werfe, desto mehr Wellen laufen in alle Richtungen davon, um sich zurückkehrend zu überschneiden und neue Muster zu bilden, die ich nicht sehen will, nicht spüren, ich bohre meine Hände in mein Gesicht und werfe den letzten Stein.

Ich öffne die Augen und gehe ohne mich umzusehen direkt zu der angelehnten Tür, aus der Licht herausdringt, öffne erst meinen Soldatenmantel, streife ihn

ab, öffne das Hemdchen, öffne meine ganze Seele, mein Herz ein Stecknadelkissen, das sich um sich selbst zusammenzieht, während die hellen Metallspitzen durch den Druck nach außen gepresst werden wie junge Igelhaut, steige aus den Schuhen, die ich achtlos davor stehen lasse.
Öffne die Tür.

Er hält einen Stapel Krankenakten in seinen Händen.
Er dreht sich zu mir um und öffnet die Arme, die Akten geraten statt mir in Bewegung, neigen sich und kippen. Der Boden ist kühl und gleichzeitig elastisch, ich spüre ihn mit der bloßen Haut meiner Sohlen, ich spüre ihn mit der offenen Wunde meiner Brust, ich weiß, dass auch sein Puls so schnell ist wie meiner. Ich habe das Gefühl, dass der Boden mich leicht abstößt, dass ich abheben könnte, an die hässliche Leuchtstoffröhre schweben, deren Surren so laut geworden ist, dass ich ihn kaum reden hören kann.
Meine Brustwarzen und meine Haare stellen sich im kühlen Zugwind, der durch die offene Tür pfeift, auf.
Mein Atem ist eine Frage.
Ich warte auf Antwort.
Dann merke ich, dass er gar nichts gesagt hat, sein Mund ist offen und er hat ihn nicht bewegt, seit ich eingetreten bin.

Ich schlinge meine Arme um seinen Hals, unsere Brustkörbe berühren sich und schließen nahtlos aneinander ab, ich stehe auf den äußersten Zehenspit-

zen, während seine Knie nachgeben, dadurch sind wir plötzlich fast gleich groß, seine Brustwarzen auf meinen, meine Lippen auf seinem Mund. Meine Zunge ein Katheter, den ich in seinen Körper schiebe, meine Augen fest geschlossen, um sie so zu verbergen, wie er damals seine vor mir verborgen hat, bevor er sich wehren kann, aber er macht auch keine Anstalten, sich zu wehren, seine Arme sind bewegungslos, als hätte ich ihm eine Narkose verpasst.
Er lehnt mit dem Rücken an der Regalwand, in der die Mappen mit den Akten stehen, und die harten Mappenrücken bohren sich mit den Metallringen in seine Wirbel und er rührt sich nicht. Sagt nichts.
Wehrt mich nicht ab. Ich verdreifache mein Gewicht, ich will aus meiner Haut heraus, durch seine durch, durch unsere Rippen zum Supergau, bis zur Kernschmelze, bis unser siamesisches Herz Amalgam aus uns beiden bildet.

Sein Hinterkopf stößt an das Regal, ein weiterer Ordner im obersten Fach kippt um. Die Blätter mit den Ultraschallaufnahmen, Berechnungen, mit Erregungskurven und Leidenswinkeln, Geburtsdaten und Sterbetagen und all dem, was dazwischen liegt, Körpergeschichten ergießen sich über uns, stieben auseinander, kreisen langsam umher wie Schneeflocken in Windstille, rascheln zu unseren Füßen, seine in den weißen Socken und weißen Pantoffeln, meine nackt mit rotem Nagellack.

Ich küsse ihn und ich fühle nichts.
Das dauert unangenehm lange.
Schließlich löst er unseren großflächigen Kontakt, macht ruckartig mehrere Schritte von mir weg, drückt mit der Hand die Klinke neben sich und ist plötzlich im Halbdunkel des Nebenzimmers verschwunden.
Immer noch schweigend.
Ich höre seinen Atem.
Ich kann ihn nicht sehen.
Ich folge ihm.

Meine Augen brauchen Zeit, um sich an das schwache Licht zu gewöhnen, ich bin noch immer geblendet von der harten Helligkeit der Neonröhren seines Arbeitsraumes. Dieser Ort scheint mir seltsam vertraut. Ich ahne, was auf der anderen Seite ist: ein großer Metallkasten, den ich noch nicht erkennen kann. Daneben abgedrehte Bildschirme. Einer, der zweite, sechs verschiedene Monitore, deren glatte Oberfläche das Licht des Raumes hinter uns verzerrt widerspiegelt. Aus unerfindlichen Gründen weiß ich, dass rechts von mir an der Wand eine große detaillierte Darstellung hängt: ein Querschnitt des menschlichen Herzens, fleischig rot und rosa und sehr realistisch. Ich weiß, dass mich die Muskelfasern darin schon einmal an ein umgedrehtes Euter erinnert haben oder an mehrere erigierte kleine Penisse, die aus einer Gebärmutter wuchsen.
Ich mache ein paar Schritte ins Schattige hinein.

Wir stehen mitten im OP-Saal.

Mir scheint, dass mehrere Monate vergangen sind, seit ich diese Decke in Bewegung über mir gesehen habe. Die Lampen sind abgedreht, der Raum ist still und halbdunkel. Arbeitskittel der Schwestern hängen auf einem Metallkleiderständer. Bleischürzen zum Schutz vor der Strahlung, manche ernst in Krankenhausgrün gehalten, eine rot, übersät mit kleinen weißen Dalmatinern. In der Mitte des Raumes die mit Schaumstoff gepolsterte Liege, auf die ich mich halb bewusstlos von der Bahre hinübergewälzt habe. Damals war sie mit weißem Tuch ausgekleidet. Ich bin betäubt von seiner und meiner Anwesenheit an diesem Ort. Ich spüre die Strahlung des Raumes, der darauf lauert, Körper, die ihn betreten, zu verändern, zu durchdringen, auf sie einzuwirken, wenn sie sich nicht ausreichend abgrenzen können, so wie ich.

Er verschanzt sich hinter dem OP-Tisch auf der anderen Seite. Versucht, getarnt grün in grün, unterzutauchen.

Er und dieser Raum sind aus einem Guss, sie gehören für immer zusammen, ich habe nur vorübergehend als Abschnittspartnerin dazugehört.

Nun steht er da mit leeren Händen, während ich mit unserem Kuss bewaffnet bin, und wartet. Ich trete auf den Tisch zu, bis er an meine bloße Hüfte stößt. Meine hellen Schamhaare spiegeln sich in der Edelstahlkante. Wir haben etwas von Profipingpongspielern vor dem Match.

Zwischen uns die Spielfläche ohne Netz.
Meine Hände streichen abwesend über den rauhen Plastikstoff. Es fühlt sich anders an als damals. Meine nackte Haut aber auch.
Ich schäme mich nicht und habe nichts zu sagen.

»Wie können Sie mich so behandeln«, sagt er, »Sie sehen mich nicht.«
»Ich habe Sie nicht gesehen«, sage ich und blicke ihn nicht an, »ich habe geschätzt, wie alle anderen auch.«
»Bitte gehen Sie«, sagt er, »gehen Sie. Schnell.«
»Nein«, sage ich und höre gleichzeitig das Klappern von Holzpantoffeln, das sich rasant nähert.

Er hofft auf Stille.
Wüstenstille. Menschenstille. Totenstille.
Nicht einmal die Toten sind still
wo er ist.

Ich liege im Gästebett, höre Bernhards Atem ruhig aus dem Schlafzimmer dringen, er schnarcht, manchmal saugt er den Speichel auf wie ein Säugling, meistens, bevor er sich umdreht, um sich in eine heimeligere Position zu kuscheln. Mein Auszug macht ihm wenig aus, scheint es, solange er in seiner gewohnten Schlafumgebung bleiben kann, während ich schon einige Male voller Panik, mit im Dunkeln ausgebreiteten Armen ungelenk in sein Zimmer tappte, um mich davon zu überzeugen, dass er noch da war. Natürlich war er noch da.

Ich liege im Gästebett und spüre, wie er sich von mir entfernt, irgendwo draußen, im kühlen Licht der OP-Lampen stehend, in seinem Arbeitszimmer in den kurzen Arbeitspausen auf der schmalen Untersuchungsliege schlafend, zu Hause in seiner kleinen Wohnung am Stadtrand, in einer Bar ums Eck. Ich will ihn nicht aufhalten, ich werde das alles zulassen, ich rufe ihn nicht zurück, nicht in Gedanken, nicht in Worten, auch in Taten nicht. Ich kann nicht weinen, weil ich fürchte, dass meine Tränen ihn aufhalten könnten, noch mehr fürchte ich, dass ich in ihnen ausrinnen würde, bis nichts mehr von mir übrig bliebe außer einem durchnässten Kopfkissen im noblen Seidenbezug und einem Schweißfleck auf der Matratze.

Er bewegt sich konstant von mir fort, bewusst und konzentriert, wie alles, das er tut, weg von mir durch die Nacht zum nächsten Morgen, der uns als zwei Fremde zurücklassen wird, die nichts miteinander gemein haben außer einem erzwungenen Kuss und einer Narbe im Herzen, und ich habe unendliche Angst, dass das Morgenlicht mich in Meeresschaum verwandeln wird, in eine sich auflösende Substanz, die auf den Wellen zu schmutzigen Schlieren verläuft, Wellen, die sich glätten und ausrollen und in eine bewegungslose Moorfläche verwandeln werden, in der sich der Himmel spiegeln wird und die Bäume und sonst nichts mehr.

Ich schließe die Augen und sehe mich sofort wieder quer durch die Ankunftshalle des Spitals hetzen. Schmerzhafte Bilder der totalen Niederlage, die mich jedes Mal heimsuchen, wenn ich mich entspannen will. Jeden Abend, wenn ich schlafen gehe, hetze ich nun unfreiwillig erneut durch diese lange Halle, links ein Kiosk, rechts Blumenladen und Bankomat, die Halle ist leer, wie die oberen Stockwerke, es ist vermutlich vier Uhr früh, am Ausgang steht ein Wachebeamter. Der schwere Wollmantel kratzt auf der nackten Haut, die Winterstiefel habe ich einfach über meine Füße gezogen, ohne Socken, ohne Strümpfe, ich trage eine Mütze tief ins Gesicht gedrückt und einen Schal wie ein Attentäter bis fast über die Augen, ich schleppe meinen kleinen Koffer hinter mir her und hoffe, dass dem Portier die Gänsehaut meiner Beine nicht weiter auffällt, die roten Flecken in meinem Gesicht nicht. Ich bekomme kaum Luft vor lauter Eile, ich muss den kurzen Abstand bis zu der Auffahrt schaffen, wo mein

Taxi schon vorgefahren ist, bevor mein Stationsarzt mir hinterhergerannt kommt oder womöglich die dicke Schwester mit dem kurzen Haarschnitt und den Krampfadern auf ihren muskulösen Männerwaden, meine Stationsnemesis, die die wilde Jagd aus dem Zimmer bemerkt hat, mir in den Weg tritt.
Der Wind, der mir entgegenschlägt, ist eiskalt auf meiner Haut und treibt mir Wasser auf die Wangen. Ich reiße die Taxitür auf, werfe meinen Koffer hinein und mich hinterher.
Der dunkelhäutige Mann am Steuer, mein zukünftiger Komplize, rührt sich nicht.

»Fahren Sie«, sage ich zum Fahrer, wie ich es in unzähligen Filmen gesehen habe, »los! Jetzt fahren Sie doch endlich!«

Er dreht sich fassungslos zu mir um. Die schwarzbraune pelzgefütterte Mütze hat fast den gleichen Farbton wie sein Gesicht, das im Schatten des Mützenschirmes liegt, es wirkt, als ob nichts darin verborgen wäre, bis auf das Weiße um die dunklen Pupillen, er ist mein Seelenbruder, mein Artverwandter, mein Ebenbild – der Mann ohne Gesicht, ich will nicht wissen, wo er seines verloren hat.

»Ist alles in Ordnung?«, fragt er mich misstrauisch. Er hat keinen Akzent.
»Ja, ja, fahren Sie, verdammt noch mal«, keuche ich und versuche den Mantel über meine Knie zu brei-

ten. An meinem Handgelenk hängt das Krankenhausbändchen.
»Wohin?«
Da merke ich, dass mir meine Adresse nicht gleich einfällt.

Ich brocke mir eine Suppe ein, die ich auslöffeln werde müssen, und würze mit Tränen nach.

Ich stehe neben dem Küchentisch und wische über die grobe hölzerne Fläche der Tischplatte, wische mit präzisen Handbewegungen über das lasierte Eichenholz Krumen unseres schweigsamen Frühstücks weg, das ein Stillleben mit Semmel gewesen ist. Hellbraune und weißlich gelbe Brösel, die ich in Häufchen zusammenschiebe, die wüstensandfarben werden, sobald sie sich wieder in einem homogeneren Zustand befinden. Ich kehre die Häufchen in meine gewölbte Handfläche hinein, ich drehe mich um die eigene Achse und beginne zu schreien, statt sie in den Abfalleimer zu werfen.
»Willst du eventuell erklären, was jetzt wieder los ist?«, fragt mich Bernhard völlig teilnahmslos.
»Wieso bemerkst du nicht, dass ich nicht diese verdammten Brösel sehen will, sondern den Tisch?«, heule ich.

Bernhard steht auf und verlässt die Küche ohne ein Wort.

Ich höre meine Schritte, die mir vorauseilen im dunklen Flur. Der Boden ist aus Stein, meine bloßen Füße auf den kalten Quadern, ich hebe sie erleichtert hoch und zögere, sie zeitgerecht abzusetzen. Das gibt meinem Schritt etwas in Zeitlupe Schwebendes; ich bin nicht sicher, ob es mir möglich wäre, meinen Schritt zu beschleunigen, diese Strecke in Kälte und Dunkelheit ist mir genauso lang bemessen, wie ich sie durchschreite.

Ich gehe und horche in das Dunkel hinein und höre das Flüstern meiner Fußsohlen auf dem Stein. Die Tür, der ich mich so langsam nähere, ist einen Spaltbreit angelehnt, Licht dringt aus ihr hervor, ein rötlicher Schimmer, der am Ende des Ganges blutige Flächen wirft. Ich gehe und horche, gefolgt vom Klang meiner Haut auf Stein, seltsam verzerrt, denke ich, und als ich nach einer kleinen Ewigkeit näher bei der Tür bin, beginne ich ein weiteres Geräusch wahrzunehmen im Halbdunkel. Zaghaft anwachsend ist es, ich kann es zuerst nicht von meinen Schritten lösen, von meinen Fußsohlen nicht, bis ich näher und näher komme und es nach und nach eigene Töne erhält, die sich in meinem Ohr brechen. Ein Rauschen ist es, nein, mehr ein Pochen, ein hundertfaches leises Klopfen, unregel-

mäßig auf- und niedersteigend, wie eine eigenartige Musik.
Ich halte meinen Atem an, um es besser wahrnehmen zu können, es ist ein Flüstern, ein mehrstimmiges Flüstern, denke ich, nein, vielleicht doch eher Musik auf Hunderten kleinen Trommeln …

Die Tür ist nun ganz nah, ich kann die Hand ausstrecken und sie berühren, sie ist aus grünem Plastik, sie ist warm, meine Finger zucken zurück vor dieser eigenartigen Wärme. Ich habe erwartet, etwas so Kaltes wie den Boden zu berühren.
Sie hat die Temperatur meiner Haut. Sie fühlt sich lebendig an wie ich. Ich lege meine Handfläche auf sie und rücke leicht nach innen, und sie schwingt in meinen Atem ein und öffnet sich wie meine Lunge.
Das Licht fällt über mich, die im schmalen Streifen im Dunkel steht, klein, nackt und bloß, und macht mich beinahe unsichtbar, rot in rotem Glühen, und ich trete ein, während das seltsame Geräusch anschwillt und lauter und lauter wird, bis ich es nicht mehr aus meinen Ohren, nicht aus meiner Brust halten kann, es ist ein Getöse, das über mir zusammenschlägt.
Der Raum ist in Dämmerlicht gehüllt, dieses Dämmern, das man hinter geschlossenen Lidern sieht, wenn man zu lange in Helligkeit gesehen hat.
Er steht auf seinen breiten Arbeitstisch gestützt da, er wendet mir den Rücken zu, der gebeugt ist, als ob viel Gewicht auf den Schultern ruhen würde.
Sein Kopf ist gesenkt und im Schatten.

Ich mache einen weiteren Schritt auf ihn zu, er hebt die Hand und ich halte inne. Hinter ihm ein weißes Regal, vom Boden bis ins Dämmerlicht, das hoch oben über uns beginnt, es geht so weit hinauf, dass es mich schwindelt, als ich den Kopf in den Nacken lege, um den Seitenwänden zu folgen.

Das Regal ist angefüllt, dicht angefüllt, nicht mit seinen Ordnern, sondern mit gläsernen Behältern, perfekte Glasstürze, unter denen unzählige Herzen pochen. Das ist das Geräusch, das mich seit einiger Zeit als fernes Rauschen begleitet hat. Manche schlagen regelmäßig, manche nicht, das ergibt keine Melodie, sondern einen mannigfaltig geschichteten Lärm, die Einheit der Töne fällt beständig auseinander, mal langsam, mal schnell, stolpernd, jagend, klopfend, pumpend.
Jeder Glassturz ist fein säuberlich mit seiner Handschrift, die ich von den Berichten und Rezepten so gut kenne, beschriftet.
Namen. Geburtsdaten. Versicherungsnummern.

Er ist im Gegensatz zu seiner Sammlung immer noch völlig regungslos. Gestützt auf seinen Arbeitstisch. Ich halte mir die Ohren zu. Die Kakophonie der Herzen bricht durch meine fest in den Gehörgang gepressten Finger.

Es sind Tausende.
Sie sind fleischig rot, manche mit orangem Farbverlauf, manche fast bräunlich, die Herzgefäße, die sie

umspannen, sind unterschiedlich dick und lang, weiße Linien, die sich als Fischnetz über die feuchte Oberfläche ziehen, die Kammern dehnen sich aus und ziehen sich mit eigenartig schnarrendem Geräusch wieder zusammen. Das Regal wogt in unregelmäßiger Bewegung, ich starre sie an, bis mein Gesichtsfeld zu flimmern beginnt, dann wende ich den Blick ab von diesem Flimmern und sehe auf meine Füße.

Ich versuche mich über die Herzgeräusche hinweg bemerkbar zu machen.
»Ich bin Arzt. Das Ungeplante ist ein wesentlicher Teil meines Berufes«, sagt er, »beschweren Sie sich nicht.«
Ich öffne den Mund und komme nicht an gegen dieses Stampfen, ich schreie, aber man kann nichts hören, die Herzen verdrängen wie ein gnadenloses Uhrwerk als mechanische Herzfabrik jeden Laut.

»Das ist mein Zentrum«, sagt er und wendet sich nicht um.
Ich greife nach meiner Brust und fürchte verräterische Stille hinter der Haut.
»Wo ist meines?«, frage ich.

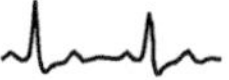

»Nimm deine Medizin«, sagt Bernhard.
»Habe ich«, lüge ich.
»Hast du nicht. Ich habe die Tabletten gezählt.«

»Was geht dich das an.«
»Weiß ich nicht.«
Mit diesen Worten gehen wir auseinander und in unseren getrennten Zimmern schlafen.

Ich umarme das Kopfkissen, als ob es mich vor dem Ertrinken in schrecklichen Gedanken retten könnte. Mir wird immer klarer, dass ich ihn nie wiedersehen werde und kein Wort der Klärung mehr zwischen uns fallen wird. Ich wüsste auch nicht, was ich ihm hätte sagen sollen, um uns zu retten oder zumindest mein Selbstbild. Dann schlafe ich endlich ein und bin dankbar, die Gedanken zumindest vorübergehend anhalten zu können. Es ist noch früher Abend.
Ich schlafe ein und hoffe, dass ich bis spät in den Vormittag schlafen werde.

Vielleicht
denke ich
vielleicht hättest du mir eher
das Hirn
aus meinem Schädel nehmen
und es umpflügen sollen
mein Herz
konnte doch
nichts dafür.

In der Nacht rufe ich allerdings lautstark um Rettung und Bernhard wählt 144, bevor ich weiß, wie mir geschieht.

Man sagt, dass Liebe alle Grenzen überwindet, meine überwindet sogar die des guten Geschmacks. Drei Tage nach meiner Flucht führt mich ein blau blinkendes Auto mit einem roten Kreuz an den Flanken wieder durch die Nacht. Ich habe im Wohnzimmer geschrien und mich geweigert, meinen Puls messen lassen. Bernhard erzählte dem Arzt in Rot entschuldigend, dass ich zurzeit krisenhaft wäre, es klang, als ob er ein durchgehendes Pferd vor dem Veterinär, der dadurch zu Schaden oder zumindest in Bedrängnis geraten war, entschuldigen wollte, um es anschließend doch noch verkaufen zu können. Er brachte das Säckchen mit den Medikamenten – das Corpus Delicti – ins Wohnzimmer. Sämtliche Packungen unberührt.

»Was haben Sie sich eigentlich dabei gedacht?«
Ich schweige.
»Sie haben Herzrasen.«

Da habe ich dann gelacht, sie haben mir Psychopax angeboten und ich habe es genommen, weil mir nichts Besseres einfiel, und dann hielten sie mich links und rechts fest und zerrten mich in den Vorgarten hinunter, durch den gefrorenen Schnee, in dem die eingebrochenen Spuren der Nachbarskatze bis zu unserer Vogelkrippe führten, und fragten mich, ob ich eine Fahrt verweigern würde, weil ich ratlos vor dem Wagen stehen blieb. Die Medizin wirkte sehr schnell. Ich stieg ein. Bernhard kam mit meiner Tasche nach und setzte sich neben den Sanitäter, sie wechselten Blicke.

Bernhard diktiert meine Daten, sie sprechen mit dem Funkdienst und teilen ihm mit, dass ich bereits einmal aus der Behandlung entwichen sei, ob er das wisse, und wenn nicht alles so egal wäre, hätte ich dieses Wort unterhaltsam gefunden, abenteuerlich, etwas, das so gar nicht zu mir passen will. Bernhard sieht mich gequält an und lügt. Ich würde das rührend finden, aber ich bin stillgelegt und sehe auf die dunkle Landstraße hinaus.

Wir fahren an einem Gedenkkreuz mit brennenden Kerzen vorbei und ich frage mich, wie das wäre, wenn wir den Nachbarsbaum erwischen würden.

Langweilig wäre das.

Bernhard liefert mich in der Notfallambulanz ab und verlässt das Spital eilig.

»Wo gehst du hin«, rufe ich ihm nach.

»Heim«, antwortet er, unangenehm berührt von der Blödheit meiner Frage.

Meine Haut wieder auf seiner Lippenhaut, vertraut und fremd in einem. Ich fahre das Rauhe seiner Wange nach, die von meinen eigenen Tränen nass ist, und fühle mich wieder. Mit ihm in mir wieder ich selbst. Als ob es nur so und nicht anders gemeint war, möglich zu sein. Nur so, mit ihm auf mir und zwischen meinen Beinen und in meiner Mundhöhle und in der Kuhle meines Herzbeutels, in meinem Speichel, meinem Blut, meinem Leben, und ich frage mich, warum das immer nur so kurz währt, dieses gemeinsame Dasein, das ich nie genug auskosten kann. Immer ist es zu wenig, zu kurz, zu ungestört, wie bei einem magischen Brunnen, der zurückweicht, sobald man seinen Durst in ihm lindern möchte.

Ich erwache von der Erschütterung meines Körpers, mitten aus einem Traum, mir hätte jemand eine kräftige Ohrfeige verpasst.

Ich starre wieder auf die runden Lampen des OP-Saales, als ob ich sie das erste Mal wahrnehmen würde. Ein fremder Arzt in Grün ist gerade vorbeigekommen und hat alles Auffällige mit zwei weißen Schockgeräten aus mir herausgebügelt.
Er ist nicht da.

Ich hänge verstockt und zerrauft in meinem Bett, die Decke hinter den Rücken gestopft, meine Mutter sitzt an dem Tischchen gegenüber und starrt mich an.
»Bitte, Liebes«, sagt sie.
Ich sage nichts. Bernhard hat sie hergeschickt, denke ich, er hat sie hergeschickt, damit sie ihr fehlerhaftes Produkt wieder repariert, als Hersteller mit Garantie,

nachdem er bei seinen Versuchen nicht weitergekommen ist.
»Bitte, Liebes«, wiederholt sie hilflos.

Ich fixiere das Plastikgerüst, das in meiner Armbeuge steckt, in dem blau und rot geschmückten Verschluss klebt stockendes Blut. Den Tropf haben sie schon weggehängt.
Ich bin abgefüllt mit Kalium und Schweigen.
Mein Herz ist kein Hasenherz mehr.
Ich hasse es. Er hat keinen Grund, zu mir zu kommen.
Die Krankenschwestern haben mich dieser Begegnung beraubt und ich strafe alle mit Missachtung, die mir in die Quere kommen.
»Bitte«, hebt sie erneut voller Sorge und Vorwurf an.

Ich will schreien, stattdessen nehme ich das Kopfkissen und presse es vor mein Gesicht. Sie blickt auf die goldenen Ohrringe mit einzelner Perle darin, die ich achtlos auf der Oberfläche des Metallkästchens liegen gelassen habe. Neben dem unberührten Joghurt und der Plastikleiste mit Wochentagen, in der meine Medikation eingeordnet ist wie früher mein Leben – nicht viel, jeden Tag dasselbe.
»Liebes«, sagt sie, »willst du sie nicht hineintun?«

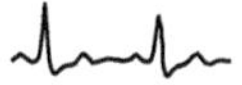

Am Nachmittag kommt er herein, als ich am wenigsten damit gerechnet hätte – ich hätte aber auch nicht die Energie dafür gehabt, mich in welcher Art und Weise auch immer darauf vorzubereiten. Er ist blasser als sonst und bemüht höflich.
»Wie fühlen Sie sich?«
Ich hasse dieses Lächeln in seinem Gesicht.
Es sagt mir alles. Alles.
»Danke, gut.«
Wir sehen uns kurz an, Bilder des schummrigen OP-Raums tauchen auf, seine schreckgeweiteten Augen grün im grünen Halbdunkel, sein Puls unter meinen Fingern.
Es fühlt sich unmöglich an, irreal.
Das ist niemals passiert, denke ich.
Ein Traum, ein Medikamentenrausch, ein bedauernswerter Irrtum.
»Ich habe ausführlich mit Ihrem Ehegatten gesprochen und ihn über mögliche Nebenwirkungen Ihrer Medikamente informiert.«
Er verzieht seinen Mund ein wenig, sollte wohl freundlich wirken. Dann nimmt er seine Brille ab, putzt sie umständlich und ist völlig von dieser Tätigkeit absorbiert, so lange, bis ich wieder ganz leer und ruhig bin. Mein Gesicht verändert sich nur leicht. Die Überraschung ist keineswegs auf seiner Seite.
»Gibt es noch etwas, das Sie von mir wissen möchten?«
Ich überlege nur kurz.
»Sind Sie schon mal von der neunten Ebene geflogen?«
»Welche Ebene?«, fragt er verwirrt.

»Die weiße«, sage ich und muss plötzlich lachen, »die höchste Ebene. Eben.«

Es entsteht eine längere Pause.
Dann sagt er: »Ich muss Sie ausdrücklich darauf hinweisen, dass Sekten keine geeignete Lösung für Ausnahmesituationen darstellen. Ich empfehle eine kurzfristige psychologische Intervention«, und verlässt mich.

Gegen Abend erscheint eine Frau mit Lächeln an meinem Bett.
Sie trägt einen weißen Kittel und einen grünen Schal, eine zarte grüne Brille auf der Nase und lange, zurückgesteckte Haare.
Ihr Mund ist eine Waffe, mit der sie mir unverzüglich zu Leibe rücken will, ob im Halbmond des auffordernden Lachens oder in sehr viel direkter Rede. Sie hat Krähenfüße um die Augen, die sie Lachfältchen nennt.
Mich nennt sie emotional herausfordernd. Das sei aber eine normale Reaktion auf abnormale Ereignisse.
Nichts, was man nicht wieder hinbekommen würde.
Ich taufe sie insgeheim Grinsekatze und schweige wieder.
Grinsekatze versucht mich von der Notwendigkeit einer Rückkehr zur Kommunikation zu überzeugen. Ich muss lachen.
Das wertet sie als Fortschritt.

Er greift in meinen Brustkorb
und nimmt das Herz aus meiner
Brust
und dreht es
um seine Achse
und zeigt es mir
ich sehe die Öffnungen
der Arterien
Blutgefäße
Knochensplitter
ich sehe es pochen
ungestört
fühle seine Fingerabdrücke
Rille um Rille
für immer identifizierbar
auf meinen
Vorhöfen, Kranzgefäßen
Herzwänden
die auf seiner Haut pulsieren
ich sehe es schlagen
und spüre gleichzeitig den Druck
seiner Hände
ununterscheidbar
ungetrennt
und ich sage:
Kannst du das fühlen?
Und er sagt:
Das ist mein Job.

Wann kommst du?«, frage ich kleinlaut.
»Ich weiß nicht. Viel zu tun,« seine Stimme ist eigenartig, verzerrt, verfremdet, ich bin nicht sicher, ob ich wirklich mit ihm telefoniere oder mit einem Bernhardwechselbalg, der heimtückisch in meinem Ehebett ausgesetzt wurde, während ich nicht da war.
»Fehle ich dir gar nicht?«
Bernhard antwortet nicht.
Es ist sehr ungewohnt, ihn schweigen zu hören.
»Hallo?«, setze ich nach einer Weile nach.
Dann sagt er: »Ich wollte nie mit einer Frühpensionistin zusammenleben. Weißt du.«

Ich beobachte mich nicht mehr im Spiegel, alles, was er mir zeigt, erregt mein Missfallen. Ich sehe in dieses fremde Gesicht, mit dem mich beinahe nichts verbindet, und wüsste nicht einmal, was ich diese Frau fragen könnte, die vermutlich so wenig über das Leben weiß.
Nur ein bisschen über das Sterben.

Er hebt die Hand
und wartet
die Haut zum Aufplatzen gespannt
zwischen meinen Rippenbögen
und die Schläge
meines Herzens

dröhnen
als
japanischer Trommelwirbel
ich hasse Exotik in der Kunst
ich schließe die Augen
um nichts mehr zu sehen
und er wartet immer noch
und dann sagt er:
Ich kann es öffnen.
Und ich sage:
Das ist Ihr Job.

Bernhard kommt mich nicht mehr besuchen. Meine Eltern nehmen ihm das nicht übel. Meine Mutter rennt als Hamster im Familienrad zwischen allen Beteiligten hin und her und klopft diplomatische Sprüche aus dem hundertjährigen Kalender.

Er hält mir das Herz entgegen
feucht, gierig, rotgetönt
in dreierlei Farben
es bewegt sich
gänzlich außerhalb meines Willens
so wie er
die beiden sind einander näher
als sie mir je sein werden.

Wollen Sie darüber reden?«
»Gern. Mit dem Herrn Doktor.«
»Der ist gerade beschäftigt.«
»Dann warte ich.«
»Der Herr Doktor kümmert sich um Ihr Herz. Ich bin für Ihre Seele zuständig.«
»Meine Seele ist in Ordnung. Danke.«
»Sie weinen seit zwei Tagen.«
»Das liegt bloß an meinem Herz. Auf Wiedersehen.«

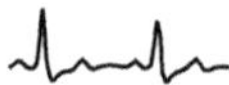

Ich bin nicht einmal mehr sicher, ob ich möchte, dass er wiederkommt.

Grinsekatze hat ein zu breites Becken, das sie gerne auf mein Bett wuchtet, und sie ist genauso emotional herausfordernd wie ich.

Ich wähle zu meiner eigenen Überraschung Carlas Nummer. Ich kann mich nicht erinnern, wann ich das zum letzten Mal getan habe.
Das Tonband schaltet sich augenblicklich ein und Carlas überdreht fröhliche Stimme verkündet ihre Abwesenheit. Ich bekomme plötzlich Angst, dass diese final sein könnte.

»Hol mich ab«, sage ich. »Bitte.«
Anschließend warte ich den ganzen Tag und den ganzen Abend bange auf ihren Rückruf.

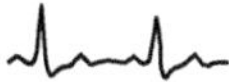

»Wenn Sie mit sich im Reinen bleiben, richtet sich Ihr Leben ins Positive ein«, sagt Grinsekatze. Ich bin nicht im Reinen, sondern im Arsch.

Als ich von der erneut erzwungenen Nähe der Therapiestunde auf den überfüllten Hauptgang fliehe, um im kranken Volk unterzutauchen, mich aufzulösen als Meerschaum auf dem Wasser aus Andersens Märchen, kommt er mir vom Eingang her entgegen. Er trägt noch Straßenkleider und schlingt Reste einer Wurstsemmel hinunter. Wir sehen uns an und ich kann förmlich spüren, wie sie in seinem Hals stecken bleibt. Wir gehen aufeinander zu, langsam, er streckt die Hand aus und ergreift meine und schüttelt sie mechanisch einmal durch.
Wir lächeln höflich, und wir sagen:
»Grüß Gott.«
Dann wendet er sich ab und geht und ich bleibe stehen und drehe mich nicht um.

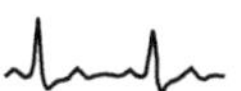

»Du musst es nur fließen lassen«, hat Carla gesagt. Ich lasse es fließen, literweise lasse ich es fließen, ohne dass sich Erleichterung einstellen würde. Alles Wasser mündet im Meer, denke ich. Brackiges, salziges Wasser in tödlicher Masse an Bewegung. Ich als Treibgut, das von den Wellen umhergeschleudert wird, ein Treibgut, das Inhalt verspricht und doch nur wertloses Holz ist.

Mein Herzblut
sage ich zu ihm
und er sagt:
Herz ist Herz
und
Blut ist Blut.

Meine Mutter hat mir eine Zeitschrift mitgebracht. Ich habe sie sofort weggelegt.

»Mama«, sage ich, »glaubst du wirklich, dass da was Sinnvolles für mich drinsteht?«

Sie schweigt. Streicht dann über mein Haar. Ich schließe die Augen und spüre die Tränen innen gegen die Lidränder steigen als meine unerwünschte und ganz persönliche Flut ohne Ebbe. Sie nimmt meine Bürste. Bürstenstrich um Bürstenstrich die ganze Länge meiner Haare entlang, langsam, präzise, vorsichtig in einem.

Ich sitze reglos vor ihr auf meinem Bett, als wäre ich wieder acht Jahre alt.

Als sie fertig ist, flicht sie die abgeteilten Strähnen zu einem hoch auf meinem Hinterkopf angesetzten Zopf.

Die Tage sind ohne Anfang und Ende, grau in grau, unterteilt von immer gleich bleibendem Frühstück, zwei Semmeln, Marmelade, Butter, scheußlicher Kaffee. Ich weiß nicht mehr, wie oft ich diese Semmeln aufgeschnitten habe. Es würde aber wenig ändern, wenn ich es wüsste. Mittagessen unter braunem Warmhaltegummi. Abendbrot. Tee aus der Schnabeltasse. Die Gesichter der Schwestern. Ein uninteressanter Reigen. Ich habe mich daran gewöhnt. Die Therapeutin, die mich mit aufmunterndem Lächeln und falschem Köder aus meinem Leidenseck locken möchte. Manchmal tut sie mir ein wenig leid, da mir ihr unentwegtes Scheitern eine eigenartig missgünstige Freude bereitet und sie doch unerschrocken aufs Neue erscheint, um sich an meinem Herz aus Stein die Zähne auszubeißen. Nach einem solchen Ringkampf verlässt sie mich, immer noch ein Lächeln auf den geschminkten Lippen. Ich bleibe von meinem eigenen Schweigen gelangweilt zurück, das nichts rettet und nichts ändert, das mich vor nichts bewahrt, das einfach nur allem im Wege liegt, was sein könnte, fett, dicht und unverschämt. Es wird sich nichts mehr ändern, denke ich, da läutet das erste Mal seit langer Zeit mein Telefon neben meinem Bett.

Ich denke an Carla oder Bernhard und reiße den Hörer hoch. Während ich noch den Hörer zum Ohr führe, verlache ich mich für die idiotische Hoffnung, ihn völlig inoffiziell nahe bei mir zu hören. Wie eine Hexe, die, bereits mit Öl übergossen, auf dem Scheiterhaufen steht und auf den staubigen Weg zum Dorfplatz stiert, ob nicht doch noch ein Bote mit Begnadigungsschreiben in weiter Ferne auftaucht, der das alles noch als verhängnisvollen dummen Irrtum aufklären könnte, bevor die ersten Äste von knisternden Feuerszungen beleckt werden.

Meine Mutter bittet mich, ihr ihre Tasche, die sie vergessen hat, zum Auto nachzutragen. Ich muss lachen. Nehme ihre Handtasche, ein teures Modell wie meines, wir legen Wert auf beständige Produktion mit langer Lebensdauer.

Ich schultere unsere Tradition und verlasse das erste

Mal seit langer Zeit mein Zimmer und mein Stockwerk. Nehme den Lift. Patienten. Besucher. Ärzte. Dicht aneinandergedrängt. In die Tiefgarage hinunter.
Wie es wohl draußen ist, frage ich mich. Ich kann mich kaum noch erinnern, wie das war, als ich selbst in geparkte Autos stieg, den Schlüssel im Schloss umdrehte und in Bewegung geriet.
Ich kann ihr Auto nicht finden.
Die Betondecke hängt sehr tief und macht mich klein, verloren, gedrückt zwischen den langen Reihen stiller Fahrzeuge. Neonröhren über mir, Dunkel sammelt sich in den Ecken.
»Mama«, rufe ich und höre keine Antwort. Ich stehe bei der Ausfahrt und sehe mich angestrengt um.
Aus der Autoreihe links von mir dringt ein leises Geräusch, das mich an meine Kindergartenzeit erinnert. Ein Wimmern. Ein Flüstern.
Ich gehe ganz langsam in seine Richtung, es wird klarer, ich höre jemanden Rotz aufziehen, ich kann mir bildlich vorstellen, wie dieser Rotz bereits mehrere Male aus der Nase des Schnaufenden geronnen ist und jedes Mal, bevor er die Oberlippe berührt hat, wieder hochgezogen wird. Ein leises Wehklagen beim Ausrinnen, und dann noch einmal das Geräusch der gewaltsam eingesogenen Luft.
Ich blicke mich um.
Im blauen Auto neben der Leuchte brennt innen ein schwaches Licht. Ich schleiche mich an.
»Wie kannst du mir so etwas sagen«, flüstert jemand. Eine Frau.

»Ich habe heute noch zehn Termine! Die kann ich nicht absagen. – Nein! – Kann ich nicht!«
Ich will nicht zuhören, bin aber seltsam fasziniert von diesem fremden Leid, als ob es ein kleines Plastikpflaster über meine eigenen Wunden legen würde, das zumindest die Oberfläche tauber erscheinen lässt, so, dass man sie zumindest wieder berühren kann.
»Ich bin deine Mutter! Hörst du? Deine Mutter«, die Stimme kippt wieder.
Und dann nach einer Weile: »Ich kann nicht mehr! Verdammt, ich kann nicht mehr!«
Ich erkenne die Stimme, ich habe sie schon oft gehört. Ich arbeite mich langsam näher vor.
Im Halbdunkel sehe ich einen hochgesteckten Haarschopf hinter dem Lenkrad, sie hat das Handy in der Hand, aber im nächsten Augenblick wirft sie es an die Windschutzscheibe, es prallt ab und fällt ins Autoinnere zurück.
Sie legt ihr Gesicht auf die aufs Lenkrad gestützten Hände und weint, sie weint laut, richtig laut, so laut, wie ich es nie gewagt hätte. Ihre grüne Brille wippt in den Haaren hin und her; ich vergehe vor Sorge, sie könnte aufblicken und mich sehen. Schließlich hebt sie den Kopf, die Augen sind rot und geschwollen, von ihrem Lächeln ist nicht einmal der verwischte Lippenstift übrig geblieben.
Ich ducke mich.

»Ich bring mich um«, sagt sie plötzlich.
Ganz ruhig und entspannt, als wäre ihr soeben die ul-

timative Lösung aller Probleme eingefallen. Es klingt glaubwürdig und plausibel.
»Wo bleibst du? Wo ist meine Tasche!«, schreit meine Mutter zwei Reihen weiter.

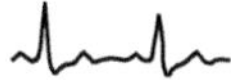

Ich schiebe den alten Blumenstrauß auf dem Tischchen beiseite und nehme zwei Bögen Papier aus der Lade meines Kästchens.
Ich sitze sehr lange da, mit Blick zum Fenster hinaus, bevor ich beide vor mich hinlege und abwechselnd Worte auf Satzschnüre reihe, mal auf dem linken, mal auf dem rechten.
Als ich endlich fertig bin, knülle ich einen der Briefe zusammen und werfe ihn in den Mistkübel unter dem Waschbecken. Den anderen schiebe ich in einen Umschlag und bitte meine Mutter, ihn Bernhard zu geben.

Der Winter zähflüssig
wie mein Blut
vergiftet
ich schließe die Augen
warte
will nicht wissen
nur treiben
Morgennebel
Abendfrost
geeiste Zweige im Garten

Nachbarskuchen und Kaffee
die Nächte ermüdend
und die Tage
Dunkel, Nelken, Koriander
und
Spaziergänge mit fremden Kindern
Schneewehen vor der Tür
und wenn das Wetter schwingt
schmerzen die Narben
aufs Neue.

Ich sitze im Garten, die ersten Sonnenstrahlen fallen auf mein Gesicht, aus Entfernung liebkosende lauwarme Finger.
Der Schnee schmilzt, der Garten ist eine Orgie in mattem Braun mit leichtem grünem Flaum im Schlamm über den Pfützen. Auf den Ästen schwellen die Ausbuchtungen kommender Knospen. Ich habe ihn seit einem Monat nicht mehr gesehen.
Auf meinen Knien liegt eine karierte Filzdecke, die noch meiner Großmutter gehört hat; ich habe sie nach stundenlanger Suche aus den verstaubten Kisten am Dachboden geholt. Ich brauche Schutz, denke ich, ich brauche Schutz, und weiß gleichzeitig, dass die Decke nicht reicht.
Ich sitze zwei Stunden im Freien, bis ich meine Schenkel nicht mehr spüre.
Um sechs Uhr kommt Bernhard ohne Worte und mit einem Blumenstrauß.

War das
wirklich nötig
das alles
frage ich ihn.
Dass müssen Sie entscheiden
sagt er
ich habe bloß Ihr Herz berührt.

Ich gehe spazieren, um die Unruhe in meinen Beinen großzügig auf alle Wege zu verteilen, vielleicht können viele Schritte der Erinnerung standhalten und mich wieder einbremsen.
In dem kleinen Laden, in dem ich üblicherweise unsere Schnitzel und Filets kaufe, hängen sich Fleischhauer und Fleischhauerin in weißen Schürzen mit zartem Rosaeinschlag fast aus der Vitrine, die mit üppigen Wurstkränzen und einem halben Schwein ohne Kopf angefüllt ist. Auf dem schwarzen Schild steht in krakeliger, kaum lesbarer Fleischhauerschrift »Karmaleberkäse. Heute frisch«, und ich denke mir: »Ja, das ist es. Das ist mein Leben.«
Erst nach mehreren Metern wird mir klar, dass vermutlich »warmer Leberkäse« gemeint sein könnte.

Als ich den Platz mehrere Male überquert habe und die Fleischhauerin sich zwei Mal nach meinem Befinden erkundigt hat, mit einem Unterton, wie mir scheint, kommt der Bus. Ich schließe meine Finger fest um die Schlüssel in meiner Rocktasche und steige ohne zu zögern ein.

Ich brauche Raum. Ich starte am Bahnhof, bis zum Dom laufe ich beinahe. Setze mich in die Konditorei gegenüber der Kirche, barock Aufgetürmtes da wie dort. Ich lasse den Rückenteil meiner Torte stehen, nippe nur am Kaffee und beginne meine nächste

Runde durch die Altstadt. Irgendwann habe ich es geschafft und gerate zufällig in die Nähe der Gasse, in der das große weiße H am blauen Schild die Einfahrt markiert.

Eine Wasserfläche, auf die der Wind Wellen wie Sanddünen in Bewegung verteilt, die Wellen in anderer Bewegung als die Oberfläche. Darunter die ruhige Ebene, die den Fluss trägt. Versprengt dahinjagendes Wasser, das nur Wasser ist. Nichts sonst.

Ich kreuze den Weg, dessen Ende an der Auffahrt zum Spital mündet. Ich bleibe nicht stehen. Aber die Narbensiegel in meinem Herz beginnen zu brennen.
Ich sehe sein Gesicht wieder sehr, sehr nahe vor mir, ernst, verängstigt und gleichzeitig geschmeichelt.
Mein Herz ist ein bauernschlauer Straßenköter, der sich sehr genau merkt, wo ab und zu Leckerbissen für ihn abfallen. Ich spüre, wie es ungeduldig in seine Richtung zieht.
Ich sage »Pfui, aus« und wage nicht »Platz« zu befehlen, weil es mich noch nie verstanden hat.

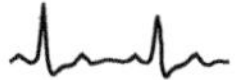

Als der Bus wieder in unsere Straße einbiegt, habe ich nicht das Gefühl, etwas versäumt zu haben. Ich ordne meine Haare und schlüpfe in meinen Mantel. Der Fahrer starrt mir auf den Hintern und ich lasse ihn spüren, dass ich Bescheid weiß. Im Haus gegenüber beobachte ich eine Frau in grüner Gartenschürze und geblümten Handschuhen, die sich auf ihrer Terrasse zu schaffen macht. Sie putzt den Hof, die Blumen, das kleine Glück. Neben ihr sitzt in eigenartiger Bewegungslosigkeit eine sehr schlanke weiße Katze mit kleinem Köpfchen, die ich erst als Putzmittelflasche erkenne, als ich bereits vorbeigegangen bin und fast eine Bemerkung über das geduldige Tier fallengelassen hätte.

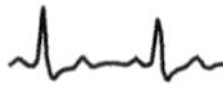

Weit ist es mit mir gekommen.

Bernhard zückt seine geliebte Digitalkamera und visiert mich an.
Ich lächle.
Er drückt ab.
Später möchte ich ihn fotografieren und nehme ihm das Gerät aus der Hand, knipse erst den Teich. Dann ihn. Die Sonne lässt sich kurz blicken, und die Bäume bedecken das Gras mit zartem Muster der verzweigten Ästeschatten.
Stickerei auf Samt.

Das Foto ist verwackelt durch das Beben meiner Hände, unbrauchbar wie das erste, im Unterschied zu seinen präzisen, gestochen scharfen Aufnahmen. Ich im Garten in der Plastikliege. Ich hinter der Blumenampel. Im Wohnzimmer auf der Couch.
»Stell dich nochmals hin«, bitte ich ihn, und als ich erneut den Finger auf den Auslöser legen möchte, erscheint in der Anzeige »No memory left«.

Das Wasser rinnt leise plätschernd hinter mir. Ich habe den Duschkopf in die Plastiktasse gelegt und höre dem Wasser zu, das mich an einen kleinen Springbrunnen erinnert, der Shampooschaum, den ich mir gerade noch gewissenhaft aus den Haaren gewaschen habe, wird nach und nach in den Abfluss gesogen. Ich stehe da und sehe mir den Strudel an, der dabei entsteht, während im Spiegel neben mir nach und nach die Gestalt mit weißem Frotteetuch auf dem Kopf erscheint. Sie hat rote Flecken in der Höhe der Schlüsselbeine auf der Brust, eine nasse Haarsträhne ringelt sich den schlaffer werdenden Hals hinunter. Das Gesicht immer noch kaum zu erkennen. Meine Hand stützt mich auf die Spiegelfläche, stößt meine Doppelgängerin von mir fort, als ich mich löse. Sie dreht sich im großen Spiegel von mir weg und im kleinen des Kosmetikschränkchens zu mir hin.
Zarte Fältchen auf der Stirn. Ich verteile die Creme auf meinem Gesicht, um es wieder zu glätten, schraube

den goldenen schweren Deckel auf das Glastiegelchen, klopfe vorsichtig die Jochbeine entlang. Putze die Zähne, gurgle und speie das Wasser in den nächsten Abfluss. Versuche die kleine Narbe oberhalb meiner Scham nicht zu sehen, als ich in den weichen Bademantel, Weiß mit grünem Stepprand, schlüpfe, es gelingt mir. Ich ahne sie, ohne sie erkennen zu müssen. Ein Blick auf die Uhr zwischen meinen abgelegten Kleidern: Ich habe noch genügend Zeit, mich zu schminken, die Haare zu machen, kurz, den ganzen benötigten Auftritt vorzubereiten.
Das Essen ist im Rohr.
Die Blumen auf dem Tisch.
Der Wein im Kühlregal.
Alles in Ordnung.

Als ich im vollendeten Gefühl der Frische schließlich die Treppe zum Wohnzimmer hinuntersteige, die in sich gewundenen Ohrringe in der Hand, läutet das Telefon. Im Vorübergehen werfe ich einen Blick ins Wohnzimmer, sicher ist sicher. Schön gedeckter Esstisch, gutes Besteck, zum Pfauenrad gefaltete dezente Servietten. Gelbe Rosen in der Vase. Ich bin bestätigt, erleichtert, zufrieden. Herrin des Hauses. Wünsche mir nichts mehr, wenn das Telefon läutet, und fürchte mich nicht. Ich schließe langsam die goldene Öse des ersten Ohrrings, lege den zweiten auf die weiße Kästchenoberfläche, ein zartes Klacken von Metall auf Lack.
Ich hebe ab.

»Es tut mir so leid«, hebt Bernhard ohne hinderliche Einleitungen seinen Klagegesang an. »Der Pohl kann heute doch nicht kommen.«
»Sehr kurzfristig«, fügt er in säuerlichem Ton hinzu.
»Den Termin müssen wir also verschieben … Ich sag dir Bescheid, wann. Tut mir so leid. Ich hoffe, du hast dir nicht allzu viel Mühe gemacht.«

Ich halte den Hörer an die Brust gedrückt wie ein Baby, trage Bernhards Frage mit mir ins Wohnzimmer und blicke auf die drei einsamen Gedecke auf dem runden Tisch vor mir.
»Dann decke ich ab, wieder für zwei Personen«, sage ich leise.

»Hallo?«, höre ich Bernhard unter mir.
Und als ich immer noch schweige: »Ich komme etwas später.«

»Ich warte auf dich«, antworte ich und hebe das Gedeck in der Mitte heraus, schiebe es so, wie es ist, ohne es wieder in Teller, Unterteller und Zierteller zu trennen, samt den Servietteneinlagen dazwischen, in die Glasvitrine zum Festgeschirr zurück.
»Ist das Essen in einer Stunde noch warm?«
»Sicher. Ich stelle es gleich ins Rohr zurück.«
Bernhard hängt auf.
Ich löse das Festgedeck langsam, langsam aus seiner turmhaften Form wieder in Einzelteile, ordne diese in

unterschiedlich große Stapel von Porzellan, streiche die Seidenserviette an meinem engen Rock glatt und schließe die Glastür vorsichtig.

»Wie schade«, sage ich, »wie schade.«